I0713910

DIONYSUS

First published in 2023 by PRESS DIONYSUS LTD in the UK, 167, Portland Road, N15 4SZ, London.

ISBN- 978-1-913961-38-1
© Press Dionysus 2023

Editör: Tuncay Bilecen
Kapak tasarım: Semiha Deniz Akıncı
Düzelti: Gülseren Daş

Press Dionysus LTD, 167, Portland Road, N15 4SZ,
London
• e-mail: info@pressdionysus.com
• web: www.pressdionysus.com

Herkes Büyür Elbette

Sultan Karataş

PRESS DIONYSUS

DIONYSUS

Yazar Hakkında

Sultan KARATAŞ, İstanbul doğumludur. İlk, orta ve lise eğitimini İstanbul'da tamamladı. 1980 sonrası farklı dergi ve gazetelerde çalışan Karataş, 1995'te politik mülteci olarak İngiltere'nin Cambridge şehrine yerleşti. Cambridge, Anglia Ruskin Üniversitesi'nde "İngiliz Dili ve Dilbilim" üzerine lisans eğitimi aldı. Lisans tezini, "Politikada Dilin Manipülasyonu" üzerine yaptı. Halen Cambridge'de yaşayan Karataş, İngilizce ve Türkçe dersler vermekte, tercümanlık yapmaktadır. Yazarın, şiir, anı-anlatı çalışmalarının yanı sıra, İngilizce'den Türkçe'ye çeviri çalışmaları devam etmektedir.

Yayımlanmış eserleri: Metris'ten Mektuplar (2015), Dilsiz Bir Ağıt (2017), Kısacıktı Boyu Elma Ağaçlarının (2019).

Köklerini bir bavula sığdıranlara...

Önsöz

Herkes Büyür Elbette; anlatı, anı, öykü, gezi yazısı ve şiirlerin harmanlandığı bir yolculuk kitabı… "Yolculuk" ifadesi burada somut anlamıyla da bir metafor olarak da kullanılabilir; çünkü hem yazarın yıllar önce terk etmek zorunda kaldığı yurduna yaptığı ziyaretlere, gezip gördüğü yerlere ilişkin gözlemlerine hem de kendi içinde geçmişine doğru yaptığı yolculukta zihninde canlanan hatıralarına tanıklık ediyoruz bu kitapta. Böylece bir yandan tam da pandemi döneminde tarihi Diyarbakır, Mardin, Urfa sokaklarında edebiyatla yoğrulan bir yolculuğa çıkarken bir yandan da 70'li yılların İstanbul'una, yoksul gecekondu mahallelerine ve oradaki sımsıcak dostluklara uzanıyoruz.

"Adı hayat işte; geçiyor gerçekle düş arasında, hikâyeler yazmak gerek, unutmamak, unutulmamak adına" diyor Sultan Karataş. Herkes Büyür Elbette'de gerçekle düş arasında şiirli bir yolculuğa çıkmaya hazır mısınız?

Tuncay Bilecen

TEŞEKKÜRLER...

Dostlarım, anılarım her daim rehber olmuştur yazdıklarıma. İsimlerini buraya sığdıramayacağım kadar dostum var.

Yazmak ne ki, okumak ne ki bir yüreğe dokunmuyorsa tümceler.

Kitabımı ilk alıp okuyan dostum Ece Ertem'e özel bir teşekkürü borç bilirim.

Tarihsiz günlükler gibi görünüyor ilk bakışta. Ama günlük mü bunlar? Kimi zaman anı, kimi zaman öykü, kimi zaman şiir, hatta kimi zaman mektup olan bu yazılar sadece günlük sayılabilir mi? Gözlenen, yaşanan, gerçek hayattan damıtılmış bu kısacık yazıları okudukça yaşanmışlık bütün içtenliğiyle sımsıcak sarıyor insanı. Kimi zaman som şiir kesiliyor anlatı, kimi zaman öyküye dönüşüyor; bir uzun hava ile boz-kırlara taşınıyor; bir özdeyiş ile düşüncelerin gölgesine bırakıyor insanı. Bir bakıyorsunuz "sağ elinin iki parmağıyla ağzının kıyılarını temizleyerek" konuşmaya başlayan hala, doğrulup çıkıyor anlatıldığı öykü-den, karşınıza geçip kulağınızdan ve aklınızdan silinmeyecek, bilgece öğütler veriyor size. "Çocukluk bir kez yaşanan, ölünceye dek okunacak bir başucu kitabı gibidir," diyor ya yazar, kendi çocukluk kitabını hep açık tutuyor. Her ihtiyacı olduğunda "herkesin aynı derecede doymayarak" eşitlendiği o geçmiş hazinesin-den, capcanlı yaşattığı çocukluğundan, bir tutam anı çıkarıyor; rengârenk fırlatıyor önünüze. Sultan Kara-taş hangi ülkenin hangi sokağında olursa olsun bütün ayrıntıları yakalayan bir gözle bakıyor çevresine; ya-şanmış zamanlardan hangisini anlatırsa anlatsın kuşku duyulmayacak bir içtenlikle yüreğini açıyor okuru-na. Sonunda sizi kendisine, kendisini size yol arkadaşı ediyor; anlattıkları sizin yaşanmışlıklarınız kadar gerçeklik kazanıyor.

Feyza Hepçilingirler

Herkes Büyür Elbette, şair Sultan Karataş'ın üçüncü anı-anlatım kitabı. Karataş, şiirimsi düz yazı tekniğini, düz yazıya benzer şiirlerle zenginleştirerek, sanatsal öğelerle harmanlayarak, pek çoğumuzun bakıp da görmediği veya görüp de üstünde durmadığı gerçekleri zengin bir ifade becerisiyle okuyucuya sunuyor.

Kitap bir yandan okuyucuyu güneydoğu Anadolu'daki güzellikler arasında tarihsel acılara değinerek gezdirirken Diyarbakır, Mardin, Urfa, Göbeklitepe, Ergani gibi yerlerin güler yüzlü, sevecen insanlarıyla tanıştırıyor, diğer yan-dan İstanbul'un varoşlarına uğrayıp oralardaki yaşam koşusuna seyirci yapıyor. Kitabın tümünde yöresel manzara-ları seyrediyor, yöresel yiyecekleri tadıyor, yöresel renkleri izliyor, yöresel kokuları içinize çekiyorsunuz, ama bir o kadar da sessiz çığlıkları dinliyorsunuz.

Karataş'ın "hafızası" anlatılan ortamların özellikleri yanı sıra acıma, korku, sevinç, sevgi gibi duyguları da depo-lamış. En basitinden, sevginin, bir anahtar deliğinde bile nasıl paylaşıldığını anlamak için bu öyküyü okumak gerek. Çevresinde duyduklarına ve gördüklerine duyarlı olan yüreklerin karamsarlığını yansıtan, kaçışı çocukluk anılarında arayan, okuyucuyu nefes nefese bırakan yazılar bunlar. Her satırı bir felsefe incisi. Sultan Karataş'ın bu ufacık yüre-ğine nasıl doldurmuş Yaradan bu okyanus genişliğindeki bilgeliği, anlamak zor.

Açıl susam açıl. Bence her kitap meraklısı bu hazineye ortak olmalı.

Arin Dilligil Bayraktaroğlu

İÇİNDEKİLER

Amed, Diyarbekir, Diyarbakır
Bir İstanbul Sabahı
Örencik'te Bir Gün
Adı Hayat İşte!
Kısa Bir Yolculuk Güncesi
"Rica Ederiz 'Olağan' Demeyin"
Anahtar Deliği
"Memleketimden İnsan Manzaraları"
Dumur'la Bir Gün
Xece Ağlamaya Utanmıştı
Erguvan
Gerçekle Düş Arasında
"Cehaletin Meyvesiyim"
Kadın
Hatıra Defteri
İçimdeki Yıldızlı Gökyüzü
Çilek Kokusunda Buğulu Çocukluğum
Karanlığın Girdiği Yürek
Yaşamak Konusunda Acemiydik
"Hepimiz Yeryüzünün Kiracılarıyız"
O Günler
Altı İnsan Üstü İnsan
Bu Evren Fazla Sana
Mutsuzluk Vebası
Yürüyorum
Soru Sor, Yanıt Ara

Hayat Güzel
Korkma! Düşün!
Öyle Günlerdi
Yoldaş Dediklerin
"Yaşam İnce Bir Cam Gibidir"
Yaşam Biricik
Sancılı Anılar
Değil mi ki!
Kevgir
Aynı Limanda
Eski Defterler
"Ne Zaman Yağmur Yağsa"
Sevgi
Baskılanmış Bir Halk
Bağcıyı Dövmek
Bu Çağ Bu İnsan
Geceye Fısıldamalar
Özgürleşelim
Kimsesiz Olmak
Aydınlığın Sırrı
Kâfur Kokusu
"Sıradanlaşan Kötülük"
Cemre Düştü
Kalp Atışı Kadar
Gün Gülüşlü Kadın

"Yolculuk, önce seni sözsüz bırakır sonra da iyi bir hikâye anlatıcısına dönüştürür."

İbn Battuta

Amed, Diyarbekir, Diyarbakır

I

"Binlerce kilometrelik yolculuk bile bir adımla başlar..." der, Lao-Tzu.

Yazmalar da böyle sanırım. Benzeri sözleri, kısa bir gezinin bende bıraktığı derin izleri anlatmaya öncülük eder umuduyla buraya not düşüyorum.

Kederli zamanlarda kaçışları olur her insanın... Kişisel olarak çoğunlukla yazarak ya da saatlerce yürüyerek yenmeye çalışırım içime çöreklenen acıyı.

Kimi zaman can dostlarım olur sargı bezim, ilacım. Bambaşkadır onların hüznüme dokunuşları ve beni ayağa kaldırışları. Yürek göğümde koca bulutlar bile dağılır.

'Bulutlar sarmışken her yanımı,' kardeşim Diyarbakır'a

gideceğini söylediğinde tuhaf bir his kapladı içimi. Her zaman çok görmek istediğim bir yerdi Amed. Kardeşim "birlikte gidelim," dedi. İtiraz etmek bir yana tatlı bir heyecan sardı her yanımı. Biletim birden alındı.

Yeterli olmasa da doyamasam da yıllardır az biraz Avrupa, Balkanlar ve kendi topraklarımda gezmişliğim var; memleketin her milimetresi çok şey ifade ediyor benim için.

Ancak Diyarbekir, Diyarbakır, Amed... Böyle bir heyecan duymamıştım uzun zamandır. Kalp atışlarım hızlandı, gideceğimiz güne kadar ve gezimiz boyunca. Uçakla gidip araçla gezip dönecektik. Dolayısıyla rahat bir yolculuk olacaktı benim açımdan.

Şaşkın, heyecanlı zamanın nasıl geçtiğini anlayamadığım bir altı gün yaşadım. Havaalanından itibaren oldukça geniş yolları, gökyüzünün âdeta toza toprağa belenmiş rengi, oldukça modern görüntülü bu şehrin taşı toprağı bende heyecan uyandırdı ya da olanca heyecanımı daha da tetikledi. Kalacağımız dostun evine vardığımızda karanlık basmak üzereydi.

***

Gökyüzünün toprak kızılı rengi beni büyülemeye devam ediyor. Nereye baksam orada takılı kalıyor gözlerim, aklım. Kalamıyorum uzun uzun, görecek çok şey var... Geçireceğim günler sayılı. Bu farkındalıkla hareket edeceğim, mecburen.

Şehrin kokusu, dokusu, binaların, sitelerin girişlerindeki çocuk sesleri dikkatimi çeken ilk ayrıntılar.

Dışarı çıkmak istiyorum. Fırından ekmek alacağım. "Gönül ne kahve ister ne kahvehane gönül bir dost ister kahve bahane," benimki de bu misal, bir an önce etrafı görmek, insanlara dokunmak, sözlerle gözlerle bakışmayı istemek hâlleri...

Yön konusunda kötüyüm ama "zor oyunu bozar" diyorum. Çok dikkatle etrafı kolaçan edip yönümü sağlam bir şekilde tayin ediyorum. Etmesem ne olacak ki; kendi topraklarımdayım. Dilini bilmeden gittiğim bir ülkede yaşıyorum yıllardır... Her şey öyle kolay görünüyor ki, belki abartılı bu yorumum ancak ölümden başka çözümsüz ne var, söyler misiniz?

Fırın, on beş dakika yürüme mesafesi kadar. Binaların ya da sonraları siteler diye adlandırılan 'modern hapishanelerin' orta genişlikteki girişlerinde parklar var. Çok yeterli olmasa da çocukların eğlence bulmadaki başarılarında yeterli alanlar oluşturuyor bu parklar kanımca.

Çocuklara dokunmadan, yani sözcükler ve sohbetle sataşmadan geçemiyorum. Korona sürecinde olduğumuz için ses ve sözle bir dokunma oluyor benimkisi. Beş-altı çocuk birbirlerini çevrelemiş parkta oynuyorlar. Yanlarından geçerken bakıyorum ya, onlar da bana dikiyorlar gözlerini, nasıl sevecen ve meraklı hem de.

"Merhaba," diyorum ve salıncakta gördüğüm cingöz cingöz bakana soruyorum; "Adını sorsam söyler misin?" Hemen yanıtlıyor, yöre aksanıyla. Nasıl da sevimli. "Adim: Cesur" diyor. Sormaya devam ediyorum...

"Büyüyünce yapmak istediğin bir meslek var mı aklında?"

"Tebi," diyor.

"Ne peki?"

"Bakkal-ci" olacam diyor. (Bu -ci ekinin, daha sonra buralarda çok kullanıldığını, buraya özgü olduğunu anlıyorum.)

"Niye bakkal-ci?" diyorum Cesur'a.

"Çok cikolata yiycem ya!" gülüşüyoruz yanındaki arkadaşlarıyla.

Diğer arkadaşına soruyorum adını ve ileride ne olmak istediğini... "Adım, Muhammet, büyüyünce astronot olcam," diyor. İlginç geliyor. "Niye astronot olacaksın? diye soruyorum merakla.

Muhammed'in cevabı net ve tereddütsüz; "Televizyonda gördüm, sevdim," diyor.

Aralarında tek kız çocuğu olan arkadaşlarına adını ve ne olmak istediğini sorduğumda; "Benim adım Gulçin, doktor olcam. Annem çok hasta oldu, öldü" diyor. İçim acıyor sarılmak istiyorum Gülçin'e... Sarılmıyorum ama bakışlarımla onun cesur söylemini ne kadar da yürekli bulduğumu birkaç sözcük eşliğinde anlatıyorum. Yürekçe, gözce konuşuyoruz çocuklarla.

İçime işliyor, çocukların sıcacık insan hâlleri. Çocuklar ne kadar insan. Peki, ne oluyor bu insan evlatlarına büyüyünce, başka bir şekle giriyorlar diye kendi kendimi yiyorum. En cevapsız sorum kendime; "insan?"

Böylesi düşünceleri, kafamda yarıştıra karıştıra fırını buluyorum nihayet. Fırıncının yanı manav... Karşısında karpuzcu.

Bir an buraların karpuzu meşhur diye geçiyor aklımdan ancak karpuz mevsiminde olmadığımızı öğreniyorum sonradan. Ekmek alıp eve geldiğimde mis gibi insan sevgisi ve dost sıcaklığında ev yemeği yiyoruz. Sonraki günlerde her akşam yemeği, gezmelerimizden ötürü dışarıda oluyor. Yemekler hep etten yana. Sebze yeme şansınız olmuyor, zira et yemek için ideal bir yer burası. İstanbul'a dönene kadar bir hafta boyunca ete fazlasıyla doymuş oluyoruz. Leziz etler, kebaplar, lahmacun... Tatlıları ve bol kepçe servisleri... Hee, bir de tadını unutamayacağım beyran çorbası yarım kâse istediğim hâlde doyurmuştu beni ve oldukça lezzetliydi. Bir daha gidersem aynı yerden beyran çorbası içeceğim.

II

Burada ilk gecem, heyecanlıyım, başım yastığa düşmemek için direniyor. Elimde kâğıt kalem, yine hüzün ve ayrılığa methiyeler dizer gibi;

Sensizlik büyüyor şehirlerarası
Issız/sızım yokluğunda
Ahh bir durak olsam
Soluklansak
Bir başlangıç ya da son olsak...

Herkesin bir kaçışı vardır kederden, bir yolu vardır yaşamak için seçtiği. Ya acının kölesi olmak ya da kederlere baş kaldırmak.

Baş kaldırmaktan yana olsun seçimim, elem sözcüklerde saklansın diyeyim.

Derken, ilk günün akşam yemeği sonrası yorgun olmama rağmen heyecandan uyuyamıyorum, gözüm hâlâ gökyüzünün renginde! Bir de dolunay var ki, göğün kızılına belenmiş sormayın! Sıcak mı sıcak, terden ve sıcaktan âdeta baygın düşüp uyuyor olmalı insanlar.

Ancak ilk gece hemen hemen hiç uyumadan, günün doğuşunu seyrediyorum. Çocuk gibiyim. Bayram sabahları sevincimi anımsıyorum. Nedendir bilemiyorum, yıllar yıllar olmuş böylesi bir heyecan duymamışım! Başka bir şey, farklı bir duygu; ne âşık olmak ne de yeni bir şeylere başlamak gibi, bambaşka. Tarifi en azından şu an benim için zor!.. Günün batışı gibi doğuşunu da seyrettim balkondan oysa sabahları erkenci değilimdir.

Bu çocuksu ve içim içime sığmayan hâllerimi kardeşime

15

anlatıyorum. Böylesi deli bir heyecan duyan bu yaşta bir kadına yabancı besbelli... Yok yok, ortaklaştı heyecanımla.

Keyifle yapılan bir ev kahvaltısının ardından, Mardin'de 5. yüzyılda inşa edilen Deyrulzafaran Manastırı'nı, o muhteşem mimariyi görmek istiyoruz. Aynı zamanda Süryani Kilisesi'nin önemli merkezlerinden biri olarak bilinen bu yeri görülmesi gerekenler listesine almış, Google'dan ön bilgi toplamıştım. Bir de kulaktan dolma bilgiler rehberim oluyordu böylesi zamanlarda. Ancak kilisenin pandemi dolayısıyla kapalı olduğunu öğreniyoruz.

Hemen Mardin'e doğru yol alıyoruz. Yol boyunca, her yer görülesi özellikte...

Mardin evleri, Mardin Kalesi ve Mardin çarşısından geçiyoruz baharat kokuları arasında. Canınızın kebap çekmemesi mümkün değil. Bir de dibek kahvesi derken kendimizi her çeşit baharat, bakliyat, kuru meyvenin envai çeşidinin ve farklı aromalarla lezzetlendirilmiş ürünlerin bulunduğu tarihi bir binanın içinde buluyoruz. Sürekli yürüme hâlinde olunca, yolların nasıl tükendiğinin farkında olmuyor insan. Yürüyorum durmaksızın. Mardin'in tepelere doğru uzanan o tarihi evlerinin arasında yürümekten yorulmuş olduğumu aşağıdaki baharatçıya inip soluklanınca anlıyorum.

İkramda kusur etmiyor Mardin'deki esnaf ve yerli halk. Sıcakkanlı, güler yüzlü insanlar.

Farklı etnik kimlik ve dinlerin ne kadar huzur içinde ve doğal bir duyguyla var olduklarını ve olabileceklerini görüyorsunuz burada. Karşıda görünen toz bulutları arasında âdeta çöl gibi uzanan Suriye değil, savaş ve ölüm değil de barış sanki! Bu kadar güzel bir coğrafyada, insanın insana ettiği zulmü anlamakta zorlanmasak da bir kalp sancısı çekiyor insan.

Girdiğimiz konak tarzı bir eski yapının içinde dibek

kahvesi içiyoruz. Çeşit çeşit meyve aromalarıyla lezzetlendirilmiş kuru yemiş ve meyvelerle tatlanıyor damaklarımız. Kardeşim maharetli esnafın satış yeteneğini boşa çıkarmıyor. Ne sunuyor, neyi satmak istiyorlarsa alıyor. Kuru dolma, kahve, nar ekşisi, kuru yemişler, sabunlar... Elimiz kolumuz dolu, Mardin sokaklarından aşağıya doğru yol alıyoruz. Saat epeyce geç ancak hâlâ güneş kızgın ve tepede. Harabe bir kahvehane önünde kapısını sulayan Süryani olduğunu sonradan öğrendiğimiz adam, bizi çay içmeye çağırıyor, fonda Kürtçe müzik yüreklere şenlik. Ya coşturan ya da yanık bir ezgi yokluyor yürek telinizi. Her şekilde etkisinde kalıyorsunuz. Hani burada şunu demeden geçemeyeceğim. Bu ülkenin mağazalarında, kafeteryalarında neden Türkçe, Kürtçe, Ermenice, Lazca ya da yaşayan ya da yaşatılması elzem olan otantik dillerden müzik çalınmaz da daha çok İngilizce şarkılar bangır bangır... Müzik evrenseldir, eyvallah ancak anladığınız dildeki müziğin, sözün yüreğe dokunuşu bir başkadır. Konu müziğin evrenselliği ise her dilde müzik olmalıdır elbette. Sanırım yaşamın döngüsündeki dengesizlik her alanda...

Derken, çay molası ve benim beyin jimnastiğim son bulmadan, Diyarbakır'a doğru yola koyuluyoruz.

III

İkinci gecemizde, uğrak yerimiz, lezzetli yemekleriyle bilinen bir restoran. Yemekler çoğunlukla etli ve öncesinde sunulan mezeler... Yöreye has yiyeceklerden yana oluyor tercihim.

75. Yol denen bir caddede bulunuyor restoran. Lüks görünüyor burası ancak fiyatlar Batı'ya göre uygunmuş.

Restoranda, arka fonda Farjid Farah'ın "İstanbul'un

Ruhu" çalıyor. Ardından "Kelebekler de Ağlar." Alıp götürüyor beni... Şehirlerarası ve sınır boylarında duygularım... Karnım doyuyor böyle zamanlarda, biraz keder var ufukta. Kalbimi alamıyorum efkârdan... Çarpıyor, insan olduğunu unutmamış hâlâ. İyi ki unutmadı.

Hüzne karışıyor yolculuklarım çoğu zaman. Hayatın her anını bu kadar duyumsayarak yaşamayı öğreneli çok olmadı. Belki de hep ordaydı duyarlı hâller, ben oralı olmadım. Oysa şimdilerde yaşıyorum duyumsayarak, acı çekerek ancak yaşadığımı bilerek. Her an bir şeyler yapma duygusuyla coşarak. Aksi durumda yaşamak anlamsız kalıyor.

Her neyse, sıyrılmaya çalışıp bu deli hâlimden yemeğimi yiyorum. Tatlıları da gerçekten çok güzel! Yarım katmer tatlısı yiyerek yemek faslını bitiriyoruz. Tek yadırgadığım, kaçak çayın tadı oluyor burada. Yurtdışında bile hâlâ Rize çayı ile bergamotu harmanlayarak içen ve çay konusundaki huysuzluğumla bilinen biri olarak çay içemiyorum kahvaltı dışında. Kayıp değil neyse ki...

Epeyce yorucu geçen bir gün oldu. İki günün, yolculuğun, bir önceki gecenin uykusuzluğunun da etkisiyle, derin bir uyku çekiyorum.

Yarın Diyarbakır merkezde; Ahmed Arif, Cahit Sıtkı Tarancı, Sur ve Diyarbakır müzelerini gezeceğiz. Heyecanım mı? Bitmedi. Hâlâ dorukta.

Gel yarın sabah gel.

Rutin bazen iyi oluyor. Erkenci değilim burada da saat 10'dan önce çıkmıyorum odamdan. Sıcağa yenik düşmemek gerekiyor; sabah akşam soğuk duş alınması şart. Ehh İstanbul'da da pek farklı değil. Üstüne üstlük nem oranı burada yüzde 20'lerde seyrediyor. Sözün özü, sıcakla derdim yok, şikâyetsiz gezebilirim bu şehirde.

Sabah oldukça dinlenmiş uyanıyorum. Programda şehir merkezi var, dediğim gibi.

Öğlen gibi çıkıyoruz.

Sayısız uygarlığa beşik olmuş bu kadim kent... Kitap bilgisine girmeyeceğim. Yalnızca, bu doyumsuz ve doğal topraklarda, duyumsamalarımı içimden geldiği gibi yazacağım.

Karşımızda Diyarbakır surları, göz kamaştırıcı... Bakakalıyorum; mimar, mühendis olmanıza, çok tarih bilgisine sahip olmanıza gerek yok, büyülü bir yapıyla karşı karşıya olduğunuzu anlamak için. Okuduklarımdan öğrendiğim kadarıyla, bütün Sur ilçesini kapsayan bu yapının uzunluğu 5,5 km, yüksekliği ise 7-8 metre civarında. Surların bazı bölümlerinin üzerinde eski dönemlerden kalma yazıtlar ve kabartmalar bulunuyor. Şehre hâkim bu heybetli yapı her anlamda çok etkileyici. İşte, bu duygu anlatılası değil, yaşanası. Gitmeyenler, görmeyenler gidince anlayacak.

Yolumuz şehrin merkezine doğru giderken, ben şaşkınım etrafa bakmaktan. Neyse ki, kardeşim arada bir kolumdan tutarak beni kolaçan ediyor. Trafik, insan kalabalığı... Üstelik millette pandemi korkusu belâsı... Hep uyarılıyorum "maskeni tak!" hatta bir ara Diyarbakır merkezde, sokakta gezen polis, beni işaret ederek; "Boynunuzdaki şalla ağzınızı kapayın lütfen!" deyip gülerek uyarmıştı. Hep birlikte gülüşmüştük. Cezası varmış hani maske takmamanın. Umursamazlığım şımarıklıktan değil, başka bir şey... Heyecan dedim ya kahretmesin, atamıyorum bu yanımı bir de korkusuzluğumu...

Geliyoruz Hasanpaşa Hanı'na, kentin en büyük ikinci hanı ve 15. yüzyıl ortalarında yapılmış. Sayısız hediyelik eşya satan yerin bulunduğu bu handa, kahvaltıların da uygun fiyatlı olduğu söyleniyor. Ancak kahvaltıları, son gün hariç evde yapmaktan yana oluyor tercihimiz. Handa çok oyalanmıyoruz. Mimarisini ve içindeki insan kalabalığını görmek yetiyor.

Vakit kaybetmeden, Sur ilçesinde bulunan Ahmed Arif Edebiyat Müzesi'ne gidiyoruz. Müze hâline getirilen bu konaktan ayrılmak gerçekten zor oluyor. Belki de ezbere bildiğim tek şiir olan Anadolu şiirini mırıldanıyorum;

(...)
Öyle yıkma kendini,
Öyle mahzun, öyle garip
Nerede olursan ol
İçerde, dışarda, derste. sırada,
Yürü üstüne – üstüne
Tükür yüzüne cellâdın
Fırsatçının, fesatçının, hayının
Dayan kitap ile
Dayan iş ile
Tırnak ile, diş ile
Umut ile, sevda ile, düş ile
Dayan rüsva etme beni
Gör, nasıl yeniden yaratılırım
Namuslu, genç ellerinle
Kızlarım
Oğullarım var gelecekte
Her biri vazgeçilmez cihan parçası
Kaç bin yıllık hasretimin koncası
Gözlerinden
Gözlerinden öperim
Bir umudum sende
Anlıyor musun?

Güncel olanı yazdı Ahmed Arif, hâlâ okunuyorsa... Az sayıda ve direngen şiirler. 'Şiir de direndiği kadar şiirdir,' biat etmeyendir şiir...

İki katlı bir konak burası ve ikinci katta bulunan kütüphanede uzunca kalıyorum, daha da kalacağım ancak daha gidilecek yerler var bugün listede. Fotoğraflar, el yazmaları, eski tip daktilo ve dahası...

Refik Durbaş'ın, "Şiirin Gizli Tarihi"nde Ahmed Arif için yazdıklarını hatırlamaya çalışıyorum; kalem kâğıt kullanmadığını ve şiiri kafasında yazdığını hatta yıllar sonra bile bazı dizelerin su yüzüne çıktığını ve şiirdeki ritmi öylece bulduğunu yazıyordu. Kim bilir ne kadar şiir, dize Ahmed Arif'le göçtü gitti... Bize kalan şiirleri, bestelenmiş sözleri şairi yaşatacak duygusuyla, zamana yolculuğum sürüyor.

Şairin ruhuna dokunabileceğim materyaller ve ruhunu hissedeceğim dizeler... Hele el yazmaları, dikkatle okumaya çalışıyorum, özel camdan dolaplarda saklanan en sevdiklerim arasındaki dizelerini... Cam korunaklı dolapların ardından, koklamak istiyorum her bir kalan hatıranın duygusunu... Zaman yetmiyor. Buranın titizlikle korunduğunu görmek ve müze hâline getirilişi çok mutlu ediyor beni.

Derken yan taraftaki Cahit Sıtkı Tarancı Edebiyat Müzesi'ne geçiyoruz. Şairin en iyi tanınan bestelenmiş şiirini "Yaş Otuz Beş" şarkısını mırıldanıyorum bu defa. Hümeyra gibi kimse seslendirmedi bu şarkıyı kanımca; "yaş otuz beş, yolun yarısı eder."

El yazması şiirlerinde, imlâ kurallarını kullanmadaki özenine dalıyorum ve hemen aklıma Turgut Uyar'ın YKY yayınlarından çıkan "Bir Şiirden" kitabındaki inceleme ve değerlendirmeleri geliyor, orada; "Cahit Sıtkı bir 'imlâ' şairidir," diyor. Daha ötesi yorumlar elbette haddim değildir. 'Şairdir ne yapsa yeridir.'

Bu memleket, bu şehirler çok değerli kalemlere sahiplik etti. Şanslıyız ki, onları okuyabilme fırsatını yakaladık.

Müze hâline getirilen bu ev, şairin doğduğu mekân! Oldukça zengin bir arşive sahip müze; el yazısı ile yazılmış mektuplar, aile fotoğrafları ve kitaplarından oluşan bir koleksiyon var. Ahmed Arif Müzesi'nden daha büyükçe, daha ferah bir konak. Ortada bir verandada serinleten bir fıskiye etrafına yerleştirilmiş masalardan birine oturuyoruz. Zira kafeteryası da var bu müzenin. "Reyhan şerbeti" içiyorum ilk kez. Buraya özgü bir içecek. Serin serin içimi, limonata değerinde...

Yazdıkça uzuyor hele duygular da eşlik ediyorsa bu gezi notlarına...

IV

Sur, Dört Ayaklı Minare...

Dil, alışılmış bir kederin elçisidir,
Günlük ve sıradan kayıplar değildir dilden giden...
Yara da öyle...
Bir millet olsa, bazen acıyı sarmaya yetmez.

Yukarıdaki dizelerin kime ait olduğunu şu an hatırlayamadım, yazarı da okuru da bağışlasın beni.

Taşların arasında bir ağıt; tınısında hüsran, tınısında isyan...

Hepsi bir arada nasıl olur demeyin! Oluyor işte... Tepesine kadar acı yükleniyor içimdeki çocuk.

Dünyanın bir güzel kentinde, bir güzel insanlar diyerek

tekil ve çoğulluk nasıl oluyorsa, parlayan göğün altında da insanlar en güzel ezgileri mırıldanıyorlar, acıları kadar...

Taşların arasında öfke, keder saklanmış korkuyla bakıyorlar o heybetin ardından...

Öğlen vaktinin en sıcak saatleri, toprak saklamış hüznü ve ölümü...

Yaşlar, silememiş kurşunların izini... Kalacak bu izler, belki 9 bin yıl daha Sur'daki Dört Ayaklı Minare'de... Kim bilir hangi yanık ağıt kalacak...

Hangi renkler doluşacak yağmur sonrası gökkuşağına. Ana renkler kalır mı bilinmez!

Yıkılan Sur Mahallesi'nin üzerinde; altında ölüleriyle sarmaş dolaş yemyeşil parkta, sarı yapraklı ağaçlar ve kızıl güneş ne diyor, gölgesinde serinleyen kadın, çocuk ve adamlara?

Hikâyesinin özetini anlatacaklar dilden dile... Dayanılmaz(mış) denecek ama geçti gitti(mi)? Tarihte kara bir yaprak hiç aklanmayacak.

(...)

Sur'da Dört Ayaklı Minare'deyiz. Şehir yönünden gelirken, minarenin sol tarafına düşen dükkânların önünde oturan orta yaşlı, yaşlı adamlar aralarında sohbet ediyorlar. Minarenin yanına yaklaşırken, Tahir Elçi'nin ölümünde beni en çok etkileyen, kızı Nazenin'in o dayanılmaz ağlayışı, çığlığı gözümün önünde canlanıyor.

Son konuşmasını izlemiştim Tahir Elçi'nin Tarafsız Bölge'de...

İnsanın azaldığı, alçaldığı bu dünyada daha kaç Tahir Elçi, daha kaç Hrant Dink gidecek, daha kaç...

Babamın vurulduğu zamanki acıyla en fazla özdeşleştiğim acıydı bu iki değerli insanın öldürülmesi.

Karaladığım dizelerde ağlamıştım;

hâlâ sokaklarında
ürkek mi güvercinler
sahipsiz mi çocuklar
hâlâ ağıtları notasız
sözleri hicran mı
hâlâ dilsiz mi
Sur'un dört ayaklı minaresi.

Nazenin ve Sera gibi ağlayamamıştım, onların çığlıkları, gözyaşları benimdi, acıları acımdı, taa içimde hissettiğim bir acı...

Kurşun izlerine bakıyorum, yaşlarım donuyor, ağlamak isterken...

Derken, dükkânların kıyısında oturan amcalara yaklaşıyorum, minarenin tarihçesini okumuştum ancak yöre insanının anlatımı bir başka değerli. Anlatıyorlar hep bir ağızdan, yakalamaya çalışıyorum anlatılmak isteneni ve harmanlıyorum kafamda; 'bir rivayete göre, Dört Ayaklı Minare, dört dini temsil ediyor.' Başka bir rivayete göre de 'Diyarbakır'da bulunan, Mardin Kapı, Dağkapı, Urfa Kapı ve Yeni Kapı'yı temsil ediyor,' Dört Ayaklı Minare. Konuşma devam ederken ezan okunuyor ve susuyor yaşlı amcalar. Anlamıyorum önce, derken teşekkür ederek uzaklaşıyorum yanlarından.

Sur'da, "Hendek Operasyonu"nun yapıldığı ve yerle bir olan altı mahalle... Görünmeyen acıymış en yakıcı olan, eser yok operasyondan, ölümden. Görünürde.

"Rivayet sanılır belki" ancak acının katmerlisi yaşanmış burada. Yürek sağır, göz kör değilse görür, duyumsar.

Sur, başka bir yer duygusundan sıyrılmak zor.

Diyarbakır Müzesi'ne gidiyoruz ardından. Güvenlikten geçiliyor önce. Bu kadar güvenliğin olduğu bir ülkede, insan yaşamı neden bu kadar ucuz, anlayamadığım ve çözemediğim bir paradokstur hep benim için.

Diyarbakır İçkale Müzesi burası. Oldukça büyük bir alana kurulan müze büyüleyici bir görüntüye sahip!

İçinde; türbe, kilise, höyük, eski cephanelik ve cezaevi bulunuyor. Adliye binasının içinde bir de Atatürk Müzesi var. Oldukça kalabalık bir ziyaretçi akımına tanıklık ediyoruz bu arada.

Adeta tarihi teneffüs ediyoruz bu müzede. Üst katta bulunan kafeteryada dinleniyoruz. Karşı tarafında Dicle Üniversitesi ve meşhur Hevsel Bahçeleri. Bahçe deyip geçmeyin, buralarda bahçe kültürü önemli.

Hevsel Bahçeleri, UNESCO tarafından Dünya Mirası ilan edilmiş. Yaklaşık 700 hektar alanı kaplıyor.

Karşımızda bütün ihtişamıyla uzanan yemyeşil bir alan, gözlerinizi alamıyorsunuz. Dicle nehri kıyısı ile Diyarbakır Kalesi arasında kalan bu verimli arazinin tarihçesi de 7000 yıl öncesine dayanıyor. Ekolojik denge açısından büyük önem arz ediyor bu alan. Birçok kuş türü ve nesli tükenmekte olan canlıya, özellikle memeli hayvanlara ev sahipliği yapıyor.

Kafeteryada biraz nefeslendikten sonra On Gözlü Köprü'ye gidiyoruz. Dicle nehri üzerinde yer alan bu köprüyü bir uçtan diğer ucuna kadar yürüyoruz.

Davul zurna eşliğinde geleneksel bir düğüne tanıklık ediyoruz. Hakî renkte, gerilla tarzı giyinmiş damat ve geleneksel olduğunu düşündüğüm bordo renkli, uzun ve elbisenin alt kısımları sutaşıyla süslü kıyafetiyle gelin... Kürtçe ezgiler eşliğinde halay çekiyorlar. İnsanın içi kıpır kıpır oluyor ancak oyuna dâhil olmuyoruz. Keyifle izliyoruz. Müzede de klasik gelin damat görüntülerine tanıklık etmiştik fotoğraf çekmeye gelen... Beyaz gelinlik, kravatlı, takım elbiseli damat...

Bir çay molası... Ardından akşam yemeği için '-ci' ekiyle ismi tamamlanan bir cafe-restorandayız. Girişte anti-bakteriyel sıvı elimize sıkılıyor. Oldukça hoş bir mekân burası da... Hatta daha sonra yine geliyoruz buraya...

Yorgunluk çöküyor yemeğin ardından. Saat gece yarısı olmadan uykusu geliyor insanın.

Yarın, Göbeklitepe ve Urfa Müzesi var programda. Balıklı Göl'e de uğrarız.

V

Göbeklitepe...

Gökyüzü karartılmış
Ay yüzünü çevirmişti
Uzakta tuhaf bir ışık
Nerede bir yaşam varsa
Orada yıkıldı taşlar
Ve bir daha ölmedi insan
Yaratıp, yok etmek varken.

İnsanlık tarihini, geçmişi ve bugünü yeniden sorgulatan 12 bin yıl öncesine dayanan kalıntılar; Göbeklitepe.

Bulunduğu andan itibaren ilgimi çekmişti. Gitmeyi hep istedim, hem de ilk fırsatta. Ani bir kararla gitmem isabet oldu.

Fotoğrafları çeken, arabayı kullanan kardeşim... Kısacası, onsuz bu gezmeleri yapmak zordu. Sıcak, ulaşım sorunu, derken zor olurdu bu ziyaretleri gerçekleştirmek.

Göbeklitepe aşkına, normalde izlemeyeceğim bir diziyi bile izlemiştim Netflix'te; The Gift (Atiye).

Dört duvar, bir adanın ortasında

Suyun üzerinde

Büyükçe bir kabın içerisinde

Gözleri dolu, gözleri açık

Ay'ın üzerinde, dünyanın kıyısında

Doğu'sunda bir balığa benzer...

Bu dizeleri not almışım ama gelin görün ki kime ait olduğunu yazmamışım. Şimdi kimden af dilesem...

Tarihe yolculuk oldu âdeta buradaki günlük gezmeler.

Bugün, Diyarbakır'dan Urfa'ya yolculuk...

Erken çıkmamız gerekiyordu, oyle de yapmaya çalıştık. Yol üç saat. Saat 5'ten evvel Urfa'daki Arkeoloji ve zaman kalırsa, Haleplibahçe Mozaik Müzesi'ni gezeceğiz. Balıklı Göl de var sırada.

Diyarbakır'dan çıkıp Siverek üzerinden Hilvan'a... Oradan Göbeklitepe'ye götürecek yollar bizi.

Dağlar, bende tuhaf bir ruh hâlini hep kamçılar. Özgürlük duygusu, tutkusu belki, durup durup aklımı bu yüzden çalar.

Halil Cibran'ın, "Dağların ezgisi, eteklerinde mi yoksa duyumsayan kalpte mi sona erer" tümcesini uyarlıyorum kendimce; 'Bazen kendimi arkadan takip ettiğim hissi oluşuyor, nedendir bilmem!'

(...)

Cep telefonum, mesajlarım beni biraz oyalıyor. Kardeşim uyarıyor, sağı solu görmem için. Yaramaz çocuk gibi hissediyorum bir an kendimi. Yolda, dağlarda, aklınıza gelebilecek her şeye büyük bir dikkatle kilitleniyorum. Hani zaman olsa, her beş dakikada bir yollarda duraklayıp dokunup koklayacağım her yeri.

Harabe yapılar ve insanlar var algılarımda... Az çok bu coğrafyada yaşananlara ilgili biri olarak; insanları, cana yakın, insan huylu insanlar... Olumlu hisler oluşuyor bende.

Gençlik yıllarımdaki bilindik kriterleri yıkıyor yıllar ve de tanıklık ettiklerim. Irkı, cinsiyeti, sosyal pozisyonu, ekonomisi; insanın insan olması için yeterli değildi. İnsan kalmak başlı başına bir tercihti.

Diyarbakır'daki modern insan duruşları, bende oluşan izlenim, u/mutlu kılıyor geleceği.

Acılı yakın tarih, yaşanmamış gibi görünse de gerçek yaşam başka konuşuyor.

Burada, tesadüfî karşılaşmalarda sohbet ettiğim genç arkadaşlar (öğretmen, mühendis olarak burada çalışan yerli ya da atanmış olanlar) oldukça politik, duyarlı, bilinçli ve bizim kuşaktan daha da idealistler. Onlarla yapmış olduğum sohbetlerin ardından umudum yeşeriyor.

Bu kadim kent, bu çok değerli coğrafya bütün güzellikleri hak ediyor. Bir benzeri yok dağının, taşının. Herkes tektir ancak bazı yerler ve bazı insanlar harbiden tektir öz olarak.

Böylesine kendi kendime sohbet ederken fonda radyodan eski ezgiler... Mest oluyorum. Ne yapsam; yazsam mı, hüzünlensem mi bilemiyorum ancak bir şey çok net, bu yolculuk hiç bitmesin istiyorum...

Tabelalara, yer isimlerine takılıyorum. Viranşehir, Siverek... Yollar oldukça iyi (birkaç yıl önce nasıldı buralar diye geçiyor aklımdan) tabelalar yön vermede yeterli. Evler... Etrafa bakıyorum da tahminimin üstünde gelişmiş. Öyle görünüyor en azından.

Derken, Siverek-Hilvan, Göbeklitepe'ye 500 metre tabelasını görüyoruz.

Göbeklitepe, Örencik adında bir köyün yakınında. Neolitik Çağ öncesine ait kalıntıların bulunduğu bu yer 12 bin yıl öncesine götürüyor insanlığı. Eldeki veriler, yani insanın bilinen tarihi 7500 yıl öncesine uzanıyordu ki; Göbeklitepe yalanladı. Tam 12 bin yıl önceye dayanıyordu, insanın yerli yaşama geçişi. Taş devri öncesi yani Paleolitik 10 bin yıl öncesinin de öncesine... Yontma Taş Devri'nin de evveline.

Göbeklitepe'ye gideceğimiz yer, oldukça bakımlı ve büyük bir firma tarafından organize edilmiş ve ziyaret için gerekli işlevsellik kazandırılmış. Buraya tahsis edilen özel birkaç araç, duraktan ziyaretçileri tepede bulunan ziyaret edilecek alana taşıyor.

Pandemi sebebiyle, bu özel minibüslere az sayıda insan alınıyor.

Bu arada, önce müze kart alınması gerekiyormuş. Kardeşim müze kart çıkarıyor. Ben bu anlamda işlevsizim. Yalnız olsam mecburen bu işleri ben halledeceğim ancak biri olunca sanırım rahat oluyor insan. Çıkışta almak istediğim birkaç kitap belirliyorum. Açıkçası, Göbeklitepe'yi ilk bulan Alman Arkeolog Klaus Schmidth'ten ya da dogmatik kafalardan uzak, bilimsel perspektifle yorumlanmış bilgiler olsun istiyorum. Zira hâlâ bulunan bu yapıların insanlık tarihine ait önemli bulgular, ipuçları veriyor olması mı yoksa tapınak mı tartışması sürüyor, anladığım kadarıyla.

Bizi yukarıya götürecek araca çok beklemeden biniyoruz. Vardığımız yerden biraz daha yukarıya tırmanıyoruz. Heyecandan sıcağı dinleyen kim; kardeşim bana şaşırıyor. Yıllardır birlikte ilk gezimiz belki de… Hakkını yemeyeyim, oldukça iyi bir yol arkadaşı. Daha eşit koşullarda olsaydı bazı şeyler daha iyi olurdu. Neyse, borcum olsun.

Tepede dikkatimi çeken bir şey de kazılara rağmen tepenin etrafını çevreleyen zeytin ağaçlarının kesilmeden bırakılması.

Göbeklitepe'deyiz; üstü açık bej renkte, büyük branda benzeri bir materyalle kapatılmış, büyükçe bir alan. Şu ana kadar dünyada bilinen en eski kült yapılar topluluğunun karşısındayız. T biçiminde oldukça büyük taşlar ve aralarına örülen taş duvarlar. İrili ufaklı bu T şeklindeki dikilitaşların dışında, esas büyük iki dikilitaş karşılıklı yerleştirilmiş. İlginç olan da; tıpkı dilin oluşmadığı tüm medeniyetlerdeki gibi bu taşların üzerinde farklı hayvan ve insan sembolleri, kabartmaları var. Bu soyut semboller yer yer de oyulmuş. Kabartma ve oymaların süslemeden ziyade bir mesaj ya da anlaşma yöntemi olarak kullanıldığını düşünüyor insan. Boğa, yılan, ördek, akbaba en sıklıkla işlenen motifler olarak bizim dikkatimizi çekiyor. İnsanı, modern insana adayan resimler, oymalar, yazıya ilk adımlar...

İşin teknik, bilimsel ve arkeolojik boyutunu esas bilenlerinden dinlemek elbette en doğru olanı!

Derdim, kişisel gözlemlerimi ve heyecanımı paylaşmak. İlk fırsatta gidip görülmeli derim.

Bu arada, ortaya çıkarılan bu "anıtsal mimari" yani Göbeklitepe, UNESCO tarafından 2018'de "Dünya Mirası" kalıcı listesine alınmış.

Göbeklitepe'yi gördüm ancak yetmedi.

Aşağıya iniyoruz. Bu kez inişi yürüyerek yapıyoruz, kolay olacağı düşünülmüş olsa gerek. Sıcağa dayanamayan birinin hele de heyecanı yoksa gelmemesi makbuldür.

Ofis gibi olan yerden bir iki parça hediyelik ve kitap alacağım. Ancak kardeşimi tanıyan bir çalışan çıkıyor. "Hocam buyurun çay, kahve ikram edelim," derken. İtirazsız "gidelim" diyorum. Bir bardak çay, "kaçak olsa" da içilir diye geçiriyorum içimden. Ve serin bir odada, kısa ve içten bir muhabbetle ağırlanıyoruz. Burada çalışan ve arazinin sahipleri olduğunu sonradan anladığım genç adam, Doğu misafirperverliğinin en iyi örneğini gösteriyor. Kısa sohbette, "Biz, Hırab köyündeniz" diyor.

Ekliyor genç adam; "Bizim köy aydındır, yakınımızdaki Kısas köyündeki Alevilerle komşuyuz," diyor.

Sohbet güzel, hava sıcak, zaman dar...

Urfa Müzesi'ne gitmek üzere Göbeklitepe'den ayrılıyoruz.

İçimde tuhaf duygular, aklımda sorular, sorular; 'İnsanı, insan yapan o ince kültür...' buralardan günümüze taşındı da İnsan hâlâ 'Nemrut gibi kuleler dikme,' telâşında... İnsan kendine yabancı, hırslarının kıskacında...

VI

Urfa...

"Tüm şehirlerin, kendine has gizemleri vardır çünkü o yerler, insanlığın ortak ürünü ve tarihidir."

Gizemli bir güzelliğin, Göbeklitepe'nin etkisinden çıkamadan, hoş bir sarhoşlukla Urfa merkezdeyiz.

Urfa Müzesi'nin kapanışına bir saat var.

Ve saat 5'ten önce Urfa Arkeoloji Müzesi'ndeyiz.

Müzeye yetişiyoruz yetişmesine ama zamanımız sınırlı. Vazgeçmiyoruz, hızlı ve verimli bir ziyaret oluyor.

Şanlıurfa Arkeoloji Müzesi ve Haleplibahçe Müze kompleksi oldukça büyük bir alanı kapsamakta. Hatta Arkeoloji Müzesi Türkiye'nin en büyük müzesi olma özelliğine de sahipmiş. Bu müzenin Göbeklitepe ziyareti sonrası mutlaka gezilmesi gerektiğini düşünüyorum.

Müzede, uygarlığın doğduğu toprakların en bilinen merkezi olan Göbeklitepe, Neolitik alanlarda (en azından şu ana kadar bilinenler ışığında) sayısız höyük görseli sergilenmiş. Özel olarak tasarlanmış mekânlarda, kronolojik sıraya uygun ve kazı öyküleriyle birçok eser de bulunuyor. Son derece etkileyici müzede gördüğümüz her şey.

Mumyalanmış eserler sanki canlı ve insanı o dünyaya, o çağa alıp götürüyor âdeta.

Ölü gömme küplerinden, damga mühürlere... Kullanılan kaplar, hayvan figürleri ve takılar, müzede büyük bir itinayla özel bölümlerde sergileniyor.

"Dünyanın, gerçek boyutta yontulmuş ilk insan heykeli" olan "Urfa Adamı" da burada sergileniyor.

Epeyce fotoğraf çekebildik sanıyordum ancak bütün bu bahsettiklerimin çoğu fotoğraflanmamış.

Bu arada, Mozaik Müze'yi kaçırıyoruz. Kapıya geldiğimizde, görevlinin içtenlikle "beş dakika önce gelseydiniz alabilirdik" demesine bile seviniyoruz. Artık bir dahakine deyip ayrılıyoruz. Balıklı Göl'e doğru yürüyoruz. Bir hayli kalabalık! Yemyeşil bir alan, çay bahçeleri ve kalabalık bir insan grubu...

Balıklı Göl'ün hikâyesini kardeşim anlatıyor; "Nemrut, Hazreti İbrahim'e ateşten ağaçlar fırlatır. Hepsi göle düşer ve balığa dönüşür..." derken, Göbeklitepe ve müzenin etkisi üzerimizde. Birazcık da tatlı bir yorgunluk tabii...

Bir kafeteryada soluklanıyoruz bu defa, biraz atıştırma ve çay... Yola koyuluyoruz.

Kendi insan geçmişimizde düşlerdeyim... Yani bize yolculuk yaptıran bilge akıl ve bilge insanın çoğalması ne iyi olurdu, diye düşünmeden edemiyorum. Öyle azaldı ki insana dair birçok özellik.

Artık insan "düşlerde kaldı" desem abartı mı olur?

Yaşasın bilim, yaşasın akıl diyoruz bir kez daha.

Üç saat sonra Diyarbakır, Sur'da Dağkapı Meydanı'na karşı duran, favorimiz olan '...-ci' restorandayız. Rutin, ateş ölçer, steril, sıvı, derken akşam çöküyor, sıcağı da yanında.

Yarın gezebileceğimiz son gün, sonrası dönüş.

Her gidişin bir gelişi olur elbette diyerek günün tadını çıkarıyorum. Gönül haneme de yazıyorum bu coğrafyanın dağını, taşını...

Göz görmesine görür de gönül gördüklerini duyumsamasa, görülenler tükenir, değersizleşir.

Gönül gözümle gördüm. Bu nedenle de dilim döndüğünce paylaşmak istedim.

Yarını da iple çekiyorum.

Ergani, Eğil, Dicle Barajı ve birkaç köye gideceğiz.

Hissederek her an'ı yaşamak çok değerli belki tekrarı olacak belki olmayacak...

'An'ı yaşa, yarın belirsiz, dün geçti gitti,' felsefesi iyi geliyor bazen prensip olarak benimsediğim bir söz olmasa da...

Başım yastığa huzurla düşüyor.

İnsanın yaşarken düşleri olmalı...

Amaçları, rüyaları olmalı insanın yoksa niye yaşar ki!

Ergani, Eğil...

Uzandığın yerden havayı dolduran sesler.
Şu camda gördüğün buhar, güneş'tendir
Bu kentin ara sokaklarında
Boğuk sesler, toprak aşkıyla bağırırken
Ertesi günün bir savaş başlangıcı olduğunu bildim
Uzandığım yerden, aklımdan geçen ne varsa temize çektim
Sonra
Ondan bire kadar geriye saydım.

Bazı şeyler sona yaklaştığında, heyecan verir, bazıları da hüzün... Her iki duygu da yaşamın olmazsa olmazı... Biri diğerinin varlığını anlamlı kılan duygular.

Gün'ü u/mutlu düşüncelerle muştulayarak sonlandırıyorum.

Ne sıcak ne yorgunluk umurumda!

Uyku, ihtiyaç olan tek şey şu anda... Gecenin yarısını çoktan tükettim. Daha sabaha çok var.

(...)

Günün ilk ışıkları odamda... Dinlenmiş olarak uyanıyorum.

Sabah rutini, derken yola koyuluyoruz.

Yön konusunda kendimden daha kötüsünü tanımıyorum ancak tabelalar ve yanımdaki sağlam rehberler rahatlatıyor.

Ergani yolu üzerindeyiz.

Çoğu imam hatip lisesi olduğu söylenen okullar dikkatimi çekiyor. Anadolu liseleri ve meslek liseleri...

İmam hatip liselerinin diğer liselere göre daha konforlu olduğunu anlatıyor tanıştığım öğretmenler. Buna rağmen, Anadolu ve meslek liselerine talebin daha fazla olduğunu da ekliyorlar. Köylerden gelen çok sayıda erkek, az sayıda kız öğrencinin de mesafeden dolayı okulların pansiyonunda kaldığını öğreniyorum. Bu okulların direkt Millî Eğitim'e bağlı olduğunu da...

Lojmanlardaki koşulların da iyi olmadığını anlatıyor birlikte yolculuk yaptığımız öğretmenler.

Ergani'nin gelişmiş şehir görüntüsü dikkatimi çekiyor. Öğretmen arkadaşlar, eğitim seviyesinin de yüksek olduğunu söyleyerek beni doğruluyorlar.

Ergani ilçesinin ara çıkışlarında köy isimleri, han isimleri... Dediğim gibi pürdikkat etrafı kesiyorum. Eğil'e doğru yol alırken, Oyalı'dan geçiyoruz. Kalkan Köyü. Şerbettin Han, Lalakasım Kasrı... Oldukça dikkat çeken yapılar var.

Tarlalar ve yol çıkışlarında dağlık arazi yer yer ve köy yolları, meşelerle kaplı. Ağaç görme duygusu hep keyif verir, umudu yeşertir bende.

Tezer Özlü'nün dizeleri tercüman oluyor hislerime;

"Haykırmak istediğim çok şey var. Büyük kayıplar yıkacak değil bizi. Açıkça birbirimizle konuşamıyorsak ben ağlamak, bağırarak ağlamak için bahçenin yeşillikleri gerisindeki odama geçiyorsam, biliyor musun, ne güzel ağıtlar içinde uyuyakalmak?"

İçimde gürül gürül bir duygu seli, yollar da öylece akıp gidiyor.

"Bütün şehirler çıldırmıştır; ama çılgınlık cesurdur. Bütün şehirler güzeldir, ama güzellik acımasızdır." Christopher Morley'in dediği gibi.

Kara bir duman gözüme çarpıyor gökyüzüne doğru çıkan. Nereden geldiğini anlamıyorum, merak ediyorum, köy yaşamına yabancıyım. Ki, anlatıyor orada görev yapan öğretmen arkadaşlar; tarlalarda 'anız' denen atık yakma işleminin yapıldığını ve ekinlerden geriye kalan ne varsa -yararlı olan, canlı cansız- yok edildiğini... Oysa ekin atıklarının tarlada kalması, fotosentez, ayrışım ve yararlı organizmaların oluşması için faydalıymış! Hatta nadasla birlikte bu bekletme işleminin toprak için de ürün için de çok olumlu olacağı konusunda da bilgileniyorum. Yine rant uğruna toprağın doğal yapısına yapılan müdahale, içindeki mikroorganizmayı bozuyor ve kimyevi gübrelerle telafi ediliyor sonrası.

...Mumyaların gölgesinde piramitler dikersiniz

Atı otu iti eti bırakıp gerçek saraylarda

Sürülerle kaçarsınız kaçarsınız...

Hasan Hüseyin Korkmazgil

Dizelere sığınır insan bazen, edecek sözü bulamayınca... Bu arada, yol alıyoruz, Eğil'e doğru. Görkemli Dicle Nehri ile kucak kucağa, nefesiniz kesiliyor, Eğil'e doğru kıvrım kıvrım inen yolun ağzına geldiğinizde. Kuşbakışı bir yerdeyiz. Barajın oluşturduğu vadi ve türkuaza çalan nehrin rengi büyüleyici... Bu vadideki gölde, tekne turu yapmak niyetindeyiz. Ancak oldukça yoğun araç akını var, kuşbakışı seyrettiğimiz yerden. Yoğun kalabalıktan ötürü, polisin anonsu duyuluyor ve daha fazla aracın girişine izin verilmeyeceğine dair uyarılar...

Hevesimizi bir dahaki gelişe erteliyoruz. Görülmeye değer diğer güzelliklerle zaman geçiriyoruz... Kral kızı kabartmaları, mağaralar ve taşların üzerine yapılan resimler. Tırmanmaya cesaret edemiyoruz. Görmek uzaktan, şimdilik yetiyor.

Eğil ilçesine bağlı Yatır köyünden geçerken biraz mola veriyoruz. Köyde, bir traktörün tepesinde sohbet eden çocuklar gözüme çarpıyor, yanlarına gidiyorum. Cana yakınlar, önce çekinseler de çok keyifli bir sohbet oluyor aramızda. Aralarında en cingözü İsmail... "Korona falan uğramamış köye, öyle görünüyor," diye takılıyorum. Onları aynı şişeden su içip, kol kola can cana görünce... İsmail ikilemeden yorum ekliyor sözlerime; "Komşu köye de gelmemiş ki o korona, buraya nasıl gelsin!" Gülüşüyoruz. Kucaklayasım, öpesim geliyor çocukları... Elif, Şevin, İsmail, Deniz, Yusuf... Espri yapıyorlar, iyi bir zekâ ölçüsü. "Çoğalın e mi çocuklar, insan kalın!" diyorum. Çocuklar, en masum yüzümüz. Yarınımız da çocuk olsa ne olurdu...

Eğil'den çıkıyoruz, Dicle Barajı'nı dolanıyoruz sağından solundan. Suyun albenisi, toprağın cazibesi, yeşilin ahengi, mavinin sonsuzluğu... Renk cümbüşü bu evren... Bu dünya yaşanası bir yer olmalı hepimiz için, herkes için...

***

Son bir yer kaldı son güne sığdıracağımız; Diyarbakır, Sanat Sokağı.

Arabayı park edip indiğimizde, az da olsa havanın serinlediğini hissediyoruz. Sanat Sokağı'nı baştan sona yürüyoruz. Çoğunlukla gençlerin bulunduğu, çok sayıda kafeteryanın yer aldığı bir sokak burası. Sıcak bir atmosferi var. Bir kafeteryaya oturup kahve içerek nefesleniyoruz biraz.

Gezmeden keyif alınca, yemek içmek de pek dert olmuyor.

Diyarbakır'ın bilindik bir ciğercisinde akşam yemeği yiyoruz. Boş masa bulmak zor, biraz bekliyoruz. Gerçekten, abartısız bir lezzet... Tam porsiyonu bitirmek zor benim için ama bitiriyorum. Yolunuz düşerse sorun, bulun ve gidin bu ciğerciye derim.

Karanlık bastığında, açık havada bir kafeteryanın bahçesinde, yer sofrasında ve kilimlerin üstünde oturuyoruz. İki öğretmen ve bir mühendis arkadaş daha katılıyor bize. Sohbet çok keyifli, memleketten, mesleklerinin zorluklarından söz ediliyor, derken geceyi sonlandırıyoruz.

Doymak olmuyor gençlere, olgunluğun şemsiyesi altında sizleri sarmak ne de güzel!

"Akıl büyürmüş yaş aldıkça insan ancak beden küçülürmüş yükü arttıkça," derdi babaannem... Geceyi sonlandırırken, gezimizi de bitiriyoruz.

Bir dahaki geliş için heyecan saklıyorum yürekte.

'Gönül gidesi değil' geleceği olmasa.

Sevgi ve dostlukla kal Amed, Diyarbekir, Diyarbakır.

11-17 Ağustos 2020

Bir İstanbul Sabahı

Pek renkli sayılmayacak bir mekân burası, ahşap masaların etrafına dizili ahşap sandalyeler. Epeyce eskiden kalma, belli. Gökyüzü parçalı bulutlu, yağmur yağdı yağacak.

Kara yağız, orta yaşlı bir adam ve eşarbını eğreti bağlamış genç bir kadın, ahşap masalardan birinde oturuyor. Önlerinde iki bardak açık çay...

Adam telefonda bir şeyler satar gibi sözcükleri bolca ağdalı, konuşuyor. El kol hareketlerine bakıldığında, pazarlamacı ya da benzeri bir meslekten diyebilirsiniz. Ahşap sandalyeleri bir ileri bir geri itip kakıyor. Kadın utangaç, önünde duran açık çaya hiç dokunmuyor. Oturduğundan beri başı öne eğik.

İkiye bölünmüş bir gülüş âdeta donmuş yüzünde. Hasta, solgun, keder akıyor her hâlinden.

Kırmızı tişörtlü, saçı briyantinli bir adam geliyor masaya, yontu bir görüntüsü var. Ağzında sigara... Sigarasının dumanı, havada daireler çiziyor. Bir çay istiyor, "tavşankanı." 70'lerden kalma geniş paçalı kumaş bir pantolon, tek çizgi ütüsü. Ütü bezi kullanılmamış; lacivert kumaş pantolon, parıltıdan olsa gerek griye çalıyor. Kadın, çok parçalı utanç hâlinde; bakmıyor adamın yüzüne.

Elleri bitişik, parmakları tek arkadaşı, çaresiz ve kalbinden uzakta...

Kalkıp yürüdü, kırmızı tişörtlü adamın ardından.

Garip görünümlü şahıs da çekip gitti, sigarasından son bir fırt, çayından son bir yudumu da alarak...

Ahşap masada içilmemiş çaylar etrafa taştı ansızın boşalan yağmurdan.

İstinye, 29 Temmuz 2021

Örencik'te Bir Gün

Ah soluksuz caddeler
Sığmazdınız iki arşın koluma
Kararmış sularınız, kanatlarınız haleli
Kentlerim, köylerim nerede?

Bazı mekânlarla, coğrafyalarla bir bağ kurulur kendiliğinden. Ahmet Kutsi Tecer'in dediği gibi "Gezmesek de, tozmasak da o köy bizim köyümüz" oluverir ve o ayak basmadığımız kentler... Uzaklar içimizdedir. Yakın durur kalbe kimi dağlar, taşlar. Özlersiniz nedenli nedensiz...

Nedenli özlediğim mezar taşları olacağını, birkaç karış toprakla göz göze, yürek yüreğe kalacağımı hiç düşünmemiştim.

Anamın mezarını ziyaret etmek istiyordum epeyce bir zamandır. İlk fırsatta da öyle yaptım, Örencik Köyü'ne gittim.

Yolculukların ruhumda, aklımda yarattığı duygu hâlini anlatmak zor! İlk olarak, 1989'da ziyaret amaçlı gittiğim bu köy, beni bir anda büyülemişti. Anamın-babamın doğup büyüdükleri, yaşadıkları bu dağ köyünün üzerimdeki etkisi hiç gitmedi belleğimden.

İnce ince dağlardan akıp gelen suyu düşünün. İçinde köpük ararsınız ancak Fırat, Kızılırmak, Munzur Çayı, Dicle değil burası. Yemyeşil doğayı koynunda besleyip büyüten bir su; usul usul akıp duran... Mevsimlere göre çoğalıp azalan, buz gibi... Çaya kattığı lezzet içindeki "aspet" denen kimyasal maddeye rağmen dağlardan kıvrıla kıvrıla akar durur, Örencik köyünün içinden.

Buraya geliş nedenlerim çoğalıyor her defasında. Tarihçesi, doğası, azalan haneleri ve insanlarıyla buralar ruhumda inanılmaz bir etki yaratıyor.

Sivas'ın içine girmeden köye doğru yol alıyoruz, beni karşılamaya gelen dayıoğlu Hıdır ve dayı kızımın eşi Hasan'la.

İçlerine doğru ilerlerken; yol kıyılarında konumlanmış köylerin kıraç hâlleri dikkatimi çekiyor. Hâlâ hayvancılık yapılıyor buralarda. Her ne kadar hayvancılık ve çiftçiliğin artık çok zor ve külfetli bir iş olduğu söylense de...

Bu kıyıda konumlanan köylerin içinde derme çatma küçük camileri görünce Sünni köylerden geçtiğimizi anlıyorum ve bunu teyit ediyor Hıdır dayım ve Hasan.

Derken; dağların eteğindeki köylerin, Alevi köyleri olduğunu söylüyorlar. Alevilerin katliam ve sürgünlerden kaçmak amacıyla göç edip buralara sığındıklarını anlatıyorlar...

Geçen yıl, Diyarbakır yolculuğumdan sonra beni en çok heyecanlandıran, duygu seline kapıldığım yer; anamın yurdu: "Örencik."

Ritüellerle yaşanmış ömürlere ritüelist bir yaklaşım oldu bu ziyaretim. Anamın inancı doğrultusunda mezarı ziyaret edilecek ve "lokma" yapılacak.

Dayı kızım Güler, çoğu kadınımız gibi oldukça marifetli... Zorunlu, öğretilmiş kadınlık hâlleri...

Geldiğim günün sabahı, muhteşem bir köy kahvaltısı yapıyoruz. Ardından, helva ve kömbe yapıyor Güler, yakınlarımız Hatice ve Yeter ablanın da yardımıyla. Lokmalar, köyde bulunan tüm hanelere dağıtılmak üzere paketleniyor...

Köyün yukarıdan aşağıya doğru inen tarafındaki hanelere gidiyoruz öncelikle. Bazıları, çocukluğumun fotoğrafı âdeta; Efendi amca ve Lelle (Gülizar yenge, sevenler "Lelle" diye çağırır onu...) aynı mahallede yaşadığımız Efendi amcanın yani Lelle'nin evine bırakıyoruz helva ve yavan kömbeyi. Tırko'yla Gülcan'a uğruyoruz, tam köyün girişindeler. Kocaman bir bahçenin içinde, köy işlerinde kullanılan malzeme yığınları ve köy yiyeceklerinin kokusunun etkisiyle, köy atmosferine bir başka dâhil oluyorum.

Sonra Zeycan Özbakır'a (musayıbımızın kızı) uğruyoruz. Lelle ve Kutu'yla oturmuş çayın yanında bal-kaymak, peynir yiyorlar.

Devam ediyoruz, köyün içinde yürümeye. Toplamda 21 hane var gidilmesi gereken, eskiden 40 haneli olduğu söylenen köyümüzde; tüm haneleri ziyaret edip bitirmemiz, akşam 8.30'u buluyor.

Fark edilir bir güzelliği var köyün; yemyeşil, azalan suyuna rağmen... Dağlardan gelen suyun sesini dinlemek insanın ruhunu sağaltıyor.

Geçmişten bugüne bir esinti; burada yaşayanlar, yaşananların merakı daha da çekiyor beni... Her zamanki çocuğu salıyorum içimden... Coşku, hüzün ve sevinç iç içe...

Masmavi bir gökyüzü altında, mezarlığın olduğu tepeye doğru yol alıyoruz.

Yanımda çocukluk arkadaşım ve akrabam Hatice.

İki yanımızda bize eşlik etmeye çalışan iki köpek beliriyor. Yokuşu tırmanıyoruz.

Köye kuşbakışı bir yerde anamın mezarlığı, bir yanında abisi, diğer yanında babasıyla toprakla örtülmüş, ardında bembeyaz görüntüsüyle Gürlevik Dağı... Masmavi gökyüzünün altında... Bu dünyadan ve her şeyden, tüm sevdiklerinden uzak...

İcat edilmemiş bir buluş, şu hayat
Ölüme ilintili bir kumaştan
Bir solukluk, bir dem şu var olan
Kalbe atılan zıpkın
Bir son, gideniyle, kalanıyla
Sevindi sular, gül d/oldu bahçeler
Her şey bir yalan mı?
Rüya mı?
Aklıma mı kalbime mi güvensem
Sığ gönüllerden yoruldu bu ömür.

Soluk olmayınca huzur içinde mi uyunur ya da sonlu bir gerçek midir ölüm?
Bilemedim!

15 Ekim 2021

Adı Hayat İşte!

Bu huysuz, gecenin yaldızlarından kısmetli kentin susuzluğunu bilen toprakların üzerindeyim. Ağaçlar, sarıya gönenmiş, istemsizce. İnsana, sinsice düşmanlığı reva gören bulutlar sarmış göğü bu günler. Çamur-su birikintileri özlenesi buralarda... Yorgun, susuz her şey bu aralar. Havada toprak kokusu ancak yağmurun dokunup saldığı bir koku değil bu. Toz bulutları, envai çeşit çiçeklerin her yanında.

Nerede göğün saklısındaki damlalar! Soruyor toprak, yıldızlı göğe...

Tüylü tüylü, güzel kırmızı çiçekleri vardır bu aylarda devedikeninin, bazen erguvan bazen beyaz çiçcklenir. Toz bulutları altında şimdi.

Dağları seyre dalmış, sır dolu dikeni, börtü-böceği.

Neredeyse kurumuş Kızılırmak'ın bir kolu geçerken buralardan. Vazgeçmiş gibi bu güzergâhtan dibinde çatlamış toprak. Her şeye tepeden bakan o koca dağdan, ince ince buz gibi hâlâ akıp iniyor kavakların kıyısından. İncecik bir ip gibi... Bir zamanlar, gürül gürül akarmış diye anlatır eskiler. O koca dağ... Ne çok hikâyesi vardır eteğinde, döşünde... Kim bilir! 'Sümbüli' hafif pembemsi bir sis çöküyor, o koca dağın doruğundan aşağıya.

Kavaklar dizim dizim, geçmişe kıyasla kurumaya yüz tutmuş ırmağın kıyısında. Yapraklar sisin içine karışıp griye bulanmış bir tonda... Dallar yüzüyor sislerin arasında. Yapraklar; insan, hayvan sıfatına bürünüyor âdeta.

Sessizlik, kızılca karanlığa, karanlık, melisa çiçeğinin kokusuna karışıyor bir anda.

Yanık bir ezgiyle doğruluyorum yattığım yerden;

Şu yüce dağları duman kaplamış
Yine mi gurbetten kara haber var
Seher vakti bu yerde kimler ağlamış
Çimenler üstünde gözyaşları var...

Bugün, köyde son günüm. Çokça keder, çokça hüzün ve dinlediğim yaşanmışlıklarla dönüyorum. Kendimi bulduğum bu yerlerden, bulduklarımı yazma isteğiyle ayrılıyorum.

Umudu, sevgiyi, onurlu, zorlu hayatları belleğime kazıyorum.

Hikâyeler biriktiriyorum ömrümün dününden, hem de bilmediklerimden. İnsanı, olanca evreni ve aklımın erdiği yerde olan biteni kalıcı kılmak istiyorum. İlaç gibi şu hayat bazen...

Adı hayat işte; geçiyor gerçekle düş arasında, hikâyeler yazmak gerek, unutmamak, unutulmamak adına.

17 Ekim 2021

Kısa Bir Yolculuk Güncesi

Zaman bezgin olur mu bilemem ancak insan yorgun, insan bezgin olur çoğu zaman.

Yaşama isteği azalır mı yoksa tüm zamanların en arsızı mıdır insan?

Hayatın yorduğu bu insanlar birbirlerini görüp aynı duyguyu paylaşmaktan, dertleşmekten de yorgun. İnsan derdini, sıkıntısını paylaşırdı eskiden. Herkesin sıkıntısı az biraz benzerdi, biri diğerini anlamaya çalışırdı. Sanki değişti birçok alışkanlık gibi birbirimizi anlama çabası da.

Nedir bizleri bu denli yoran, karamsarlığa sürükleyen hâller?

Cevabı yok bende.

Sayısız soruya cevap aramaktan yorulduğum günlerden yalnızca biri, kısa bir yolculuk güncem...

Bugün bahar yüzünü gösterdi yaşadığımız kentte. Ağaçlarda çiçekler, kuş sesleri ve daha bir maviye dönmüş nehrin rengi...

Hayat yeniden başlıyor duygusuyla; kandırıkçı bir bahar...

Sokaktaki insanın yüzüne tebessüm konduruyor şu göğün mavisi; ışıl ışıl parıldayan güneşi, batana kadar gözlere bayram ettiren o kızıllık...

Her şeyin eski hâline döneceğine inanası geliyor bir an insanın.

Umudu ve sevgiyi yine de yeniden yaymak, yaşamak isteği gelip gidiyor... Ne yazık ki, bu duygunun kalıcılığı da güneşle eşdeş.

Yollardayım bugün, kısa mesafeli bir tren yolculuğu, ardından dört duvar arasına atmak kendini...

Trenden eve yürümek yani! Yaklaşık yirmi dakika bir yol. Aklımda sayısız duygu hâlleri, içini doldurmaya çalıştığım sözcükler.

Kendi başlarına pek anlam ifade etmeyen sözcükler. Gördüğüm her objede, her şeyde sayısız hikâye doğuran, akın akın dolanıp duran sözcükler.

Ellerinde poşetlerle yürüyen yaşlı çiftler.

Kulaklıkla dinlediği şarkının ritminden olsa gerek; dans ederek yürüyen, şarkı mırıldanan, deli dolu genç bir kadın. Gökkuşağı rengi çoraplarıyla, yüzünde piercing vücudunda dövmelerle geçip gidiyor önümden.

Aklım ve kalbim bir yerden diğerine savruluyor.

Normal bir hâl midir bu duygu seyri bilemeden, yürüyorum.

Ağır ağır, sallana sallana adımlarım ve bedenim.

İnsanlar; bir o yana bir bu yana, bir şeylere yetişmeye çalışan insanlar!

Yorgun olmalıyım normal koşullarda; her günüm hareketli, koşar adım oradan oraya.

Aklımda, kalbimde taşıdıklarımı saymıyorum bile.

Ne garip ki zerresi yok yorgunluğun. Elimde taşıdığım bir dizüstü bilgisayar ve sırt çantam.

Nasılsa gidiyor, bitiyor yollar, sokaklar. Hayallerimi, hayatı taşıyorum ellerimde.

Düşleri taşıyorum heybemde. Nereye, ne kadar sığdırabilirsem!

Yorgunluk bundan ötürü sanırım giremiyor bedenime.

Sessizce geçiyor dün, yürüdüğüm yollarda gidenler, kalanlar.

Her şey geçip gidiyor, tıpkı doğup büyüdüğümüz hayat gibi. Geçip gidiyor düşlerimiz, gerçekleşemeden çoğu.

Geçer gibi yapıyor bazı anlar ve anılar da tıpkı kandırıkçı şu güneş gibi.

Kalıcı oluyor kimi anlar, bir şiirde bir şarkıda ya da tazelenip kanayan bir yarada.

Aklımda bin bir hikâye; yürüyorum.

Tren istasyonundan şehrin en büyük caddesine çıkan o yol üzerindeyim.

Seyreliyor insan kalabalığı; el ele yürüyenler, gülen ve somurtan yüzler geçiyor.

Kimi yüzler tanıdık; çoğu Asyalı tipler, büyüdüğüm kentlerin insan yüzlerine benzeyen.

Etrafta ne varsa yeniden yerleştirilmiş gibi sağa sola; ağaçlar, evlerin dışarıyla arasına konmuş çitler.

Asfaltın iki yanına yerleşen evler, sanki yoklardı evvelden.

Salonları görünüyor, bahçe kapılarından birkaçının. Gözüm kayıyor ister istemez bu soğuk iklimin, çoğunlukla soğuk insanlarının yaşadığı hanelerine.

Yemek saati anlaşılan; sofrayı kurmuş önünden geçtiğim evin biri, pötikare masa örtüsü, ortada vazoda çiçek.

Ben yollarda, günün sevdiğim saatlerinde.

Güneş batmış haber vermeden.

Gri gökyüzü, alışıktık zaten.

Batsan kaç yazar gri göğün asaleti.

Sen burada yoksun zaten arada bir görünsen de.

Caddenin sonunda, hep aynı yerde, sağdaki ara sokaktan mı yoksa soldaki mezarlık yolundan mı gitsem diye hep ikirciklendiğim yerdeyim.

Mezarlık yolu oluyor yine en çok beni çeken. Bıkmadan mezar taşlarıyla bakışmalarımız; tarihler, acıya, sevdiklerine yazılan sözler.

Savaşta ölenler, hastalıktan kaybedilen mini bebeler. Sevdikleriyle birlikte gömülenler... İnsanın, hayatla en çok yüzleştiği o an değil midir ölüm!

Mezarlar ne çok şey düşündürür insana. Belki de hayatın bedelsiz sunduğu ders gibidir, hayatın son bulduğu bu duraklar.

Elimde kolumda ağırlığı hissediyorum bir an. O bilindik büyük şehrin o caddesi dedim ya, topu topu burası da on dakika yürüme mesafesi.

Düşlerle kol kola, anılarla sohbette akıyor zaman.

Kendimi, memleketten yiyecekler satan, bir Türk marketinin önünde buluyorum "Kardeşler Market" ama İngilizce adı daha afili; "Brothers Market"... Dedim ya, ağırlığı hissetmeye başladım. Olsun taşımada hafif olan bir şeyler alırım; memleketten mi gelir bilmem ama maydanoz, nane, dereotu, çarliston sivri biber buradan alınınca içime siniyor. Alıyorum alacaklarımı. Türkçe konuşan biri beliriyor yanımda; "arkadaşım rakı var mı?" diye soruyor. "Yok abi, alkol satmıyoruz," diyor beriki. Sessizce çekip gidiyor soran kişi. Düşünecek ne çok şey var, memleketten, dünyadan insandan yana. Belki de hiçbir şey düşünmeden yaşayıp gitmek en iyisi.

Maydanoz kokusuna karışan, dereotunun kokusuyla kol kola koyuluyorum yola.

Az sonra evdeyim.

Vakitlerden mola.

Cambridge, 30 Mart 2022

"Rica Ederiz 'Olağan' Demeyin"

Bekçisi olamıyorum bu kentin
Kentin hüznünün
Susuyorum kendiliğinden
Öyle kendiliğinden oluyor işte
Kalabalıklar geçiyor
Sevdiklerim gidiyor birer birer...

Yolculuk Bodrum'a. Candan bir dostla görüşmek iyi gelecek. Hiçbir yerde sıkılmak gibi bir dert olmasa da hareket hâlinde olmak iyi geliyor.

Ekmeğimi dizüstü bilgisayarımdan kazanmak yani 'online çalışmak' kolaylaştırıyor bu mobil hayatı. Yormasına yordu şu son birkaç ay ancak olsun 'gülün dikeni' misali.

Milas Havaalanı'na indiğimde, soluk aldığımı hissediyorum. İstanbul'dan uzak her sahil kent gibi burası da sakin... Ve iyi geliyor bana... Gezecek açık hava özlemi var içimde. Çocukluğumu özlemem de hep bu yüzdendir zaten.

Aklım; bu pek sevdiğim kentin yeşili, mavisi, akşamın kızıllığı arasında gezinirken; birkaç dize dökülüyor dilimden, yol kenarında, ürünlerini satmaya çalışan Ege'nin köylülerini görünce...

İstanbul'u, soğukta "koyun koyuna yatan çocukları" düşünüyorum;

Akşam karanlığı çökerken
İnsafsız olur soğuk
Kırık bir tenekede kül
Kâğıttır tüten, dumanı çok
Sıcağı yok...

Ekmek kavgası her yerde, bir de yaşama tutunma sevdası karın tokluğuna, hani ölmeden... "Cefası batsın, hayat tatlıdır ölüm döşeğinde bile," derdi babaannem.

Bertolt Brecht'in "Ekmek Kavgası" kitabından not aldığım dizelerini buluyorum, iliştirmek için şu yazdıklarıma. Tokluk ve yaşamak için verilen savaşa;

Rica ederiz, 'olağan' demeyin hemen
her gün olup bitenlere!
Kargaşanın hüküm sürdüğü,
kanın aktığı,
düzensizliğin cirit attığı
keyfiliğin yasalaştığı yerde
demeyin sakın: Bunlar olağandır!

Hiçbir şey olağan değil şu günler... Özgürce soluk dahi alamadığımız bir dünya... Derken; derine inmeden, dostun kapısında buluyoruz kendimizi.

"Sohbetine de doyum olmuyor..." dediğinde tekrar sımsıkı sarılıyoruz birbirimize. İçim dopdolu 'ağlasak mı ne' diyorum ama 'boş ver!' deyip geçiştiriyoruz.

Kafam yorgun, ne yaptım ki! Toplam iki buçuk saat yolculuk ancak kalbim yoruldu gördüklerimden. En ağır olan tanıklık, kayıtsız kaldığımızdır. Bu çaresizlik hâli öfkelendiriyor. 'Öğrenilmiş çaresizlik' bunca sorgulamayış, bunca boyun eğiş... Açlık sınırındaki yaşamlar, sokakta titreyip ekmek arayanlar, hiçbir güvencesi olmayanlar.

bozuk adalet yeter artık!
acemi ellerde yoğrulan, iyi pişirilmemiş
adalet yeter!
yeter katıksız, kara kabuklu adalet!
dura dura bayatlayan adalet yeter!

Elbette büyür herkes vakti geldiğinde. Herkes alır acıdan payına düşeni. Bütün mesele, bu hayata ne kadar anlam kattığımız, ne kadar sevgi sığdırdığımızda.

düşler duman
gün'süz yaşanıyor burada an
koyun koyuna, ölüm ve insan
yıllar gidiyor
nefessiz zaman
karanlık, ürkek ve yarınsız
yaşamın 'geniş adımları' yok!
olanca hızıyla kararıyor toprak
kaç kulaç insanın derinliği
çözülse boğuntu
bir çekilse kan...

"Çokça öykü okudum, çokça destan duydum, anladım ki;
aşkın yolu asla düz gitmiyor."

William Shakespeare

Anahtar Deliği

Gerisi uzun bir masal...

Geçen hafta, Şerife halayı ziyaret ettim. Daha önceleri de biraz hüzün, biraz sevgi ama hep insan kokan anılarını dinlemiştim Şerife halanın.

"Seni tekrar gördüğüme çok sevindim Şerife hala," diyorum.

Üç diliyle birden yanıt veriyor vermesine de ancak benim anlatacak becerim yok burada.

Öyle sevimli, öyle gerçek ve doğal ki; Zazaca, Kürtçe, Türkçe sonsuz bir uyumla, devrik cümleler, yanlış telaffuzlar ancak anlaşıyoruz. "Sen anlıyor he mi?" diyor arada bir, boşa konuşmuş olmamak için. "Anlıyorum hala, seni yorar mıyım yoksa!"

Amca, yani Şerife halanın eşi içeride, biz ise bahçede oturuyoruz. Arada bir amcanın adı geçiyor ya, "aha bu adam..." diyor ya... Ya da arkadaşımı gösteriyor, "ma bave viyan" -bunun babası-...

"Sen kendini yorma, içinden geldiği gibi konuş," diyorum.

Bende de ayarlar bozulmuş halde; yarı Kürtçe, yarı Türkçe... Konuştuğumda o mahzun haliyle, başındaki tülbendiyle ağzını kapatarak gülüyor. Kaç yazar ki, gözlerindeki ışık yeter. Kaç hikâye, kaç masal eder, o gözlerdeki sevgiye katık olmuş hüzün. Anlatmasa da bütün kalbimle hissediyorum Şerife halayı. Belki kadınsı bir sezgi, belki bana ait bir duyarlılık.

Hızla ve heyecanla soruyorum; "Hala, amcayla nişanlıyken kaçamaklarınız oldu mu, hani hiç öptü mü ya da elini tuttu mu, yani anlarsın ya oynaştınız mı hiç?" Hem tatlı tatlı hem acı acı gülüşüyoruz. Biz biliyoruz neden acı, biz biliyoruz neden tatlı. Bizim sessizliğimiz var kimi zaman, bir tek bizlerin susarak dinleyip düşleyebileceği.

O günlere kısa bir yolculuktayız Şerife halam ve ben.

Şerife hala, önce o tatlı gülüşü ve aynı tülbent hareketiyle, yanakları biraz kızararak cevap veriyor;

"Ma kurban, aha bu adamı heç hindik bile sevmedim hema işte babam verdi beni..."

Canını yakıyor mu bilmiyorum ama soruyorum ne kadar anlatabilir bilemiyorum ama böylesi yaşanmışlıkların çok değerli olduğunu biliyorum ve dinleyemediğim bütün yakın kadınlarımızın adına, açık yüreklilikle sormak istiyorum...

Anlatıyor; yumuşak başlılığı, gönüllü yaşayamadığı kadın hâlleriyle. Gelip geçiyor hayatı gözlerimizin ve gönül perdemizin içinden, siyah-beyaz bir film şeridi. Zamanın içinde bir film, dünden kalanları flu olmaktan kurtarmaya çalışan.

İçinde biriktirip söyleyemedikleri... Sormamı bekliyor âdeta! Bir anısını anlatmasını istiyorum ve başlıyor anlatmaya;

"Anam, bir komşinin evine düğüne getti. Ma göçük bacım, ma benden güçüktür, hema yanıma bıraktılar ki neşanlım gelirse yalnız kalmayam."

"Eee geldi mi o gün nişanlım hala?" diyorum.

Yine tülbendi ağzına kapatıyor; gülüşlerini, o en kadınsı, yürek çelen tatlı gülüşü çekine çekine koyuveriyor gözlerimize. Umut, sevinç çağrıştırıyor biraz utangaç da olsa. Biraz eski hederleri de taşısa o sessiz gülüşmeler.

Ya özgürce gülebilseydin Şerife hala, ya kahkahalara boğsaydın yaşadığın zaman dilimini. Yani en çekici hâlinin böyle olduğunu bir bilseydin Şerife hala! Değişirdi bir şeyler belki o günler. Yine değişecek, değişiyor bir şeyler kanatsa da gülüşlerimizi, kimi zaman çalsa da heveslerimizi.

Kendimle konuşma hâlleri biter bitmez dinliyorum yeni baştan.

"Ee amca senin evine geldi görmeye he mi?"

"He, ma geldi kapiye vurdi. Ma gel dışarı seni görem," dedi.

Anası tembihlemiş "sakın kapıyı açmayın" diye.

"Adam benden büyük, kocaman adam! Ben daha çocuk, korkuyorum, sevmiyorum... Illam ki seni görecem diyor."

Heyecanlandım, korkusu içimi acıtıyor Şerife halanın. Sevmediğin birinin gözüne bile bakmak istemezken insan, nasıl dokunur tenine? Nasıl dokunulur ten'e?

Düşüncelerim bir an gidip geliyor; kadınların hikâyeleri masalsı gelirdi çoğu kez, oysa... Devam ediyoruz.

"Ne yaptın da amca vazgeçti seni görmekten?" diye ısrarla soruyorum.

Bu defa, kadına has, o minik hileleriyle avunma hâlinin emareleri var yüzünde. Koyuveriyor gülüşünü ama sessizce ve tülbendiyle gizleyerek yine...

"Dedi ki aha bu adam, barmagını anahtar deliğinden sok, göreyim gidecem. Ben de gitsin diye barmagımı koydum anahtar deliğine, o da gendi barmagını getirdi, dokunduk, ama işte öle... Tesellisi düştü getti."

Dokunuşlar bile değerliydi.

Gerisi uzun bir masal...

Bu masalı Şerife halalar yazacak.

"Memleketimden İnsan Manzaraları"

Minibüs ailesiyiz...

Akıl almaz bir kalabalığın içinden geçmenin verdiği o heyecan, o memleket özlemini en yoğun yaşatan duygu. Halk otobüsü ya da minibüs yolculuğu... "Anlatılmaz yaşanır," denir ya, o türden! Tüm sıkıntısına rağmen, keyifle ayakta iki büklüm yolculuk ederken... Rıfat Ilgaz, "Gidişini Anlatıyorum" şiirinde:

Ne gelirse onlardan gelir bana
Çalışma gücü yaşama direnci
Mutluluk gibi kazanılması zor
Mutluluk gibi yitirilmesi kolay

Boşuna dememiş şair...

İnsanları dinliyorum Beşiktaş-Sarıyer minibüsünde, çoğunlukla yakınanlar;

"Alma başka yolcu şoför bey."

"Aa yeter yahu, ne bu balık istifi."

"Off, ay ter kokusundan durulmuyor yeter be şoför bey yeter ya!"

"Hanımefendi bir taksiye atlasaydınız ya, bu kadar rahatsız olduysanız."

"Aaa sus terbiyesiz sana mı düştü ne yapacağımı söyle-
mek."

Arkadan başka bir genç kız ve anne sohbeti, anladığım
kadarıyla; inandırma çabasında anasını, dinlememek ne
mümkün; kulak misafiri değil, kulaksınız tümden.

Dinlemeye devam, yolculuk uzun süreceğe benziyor.
Trafik fena... Ve yolcu almaya devam; binen çok, inen az.

Nazik bir genç kendisi inerken yerine oturmamı teklif
ediyor, 'sağ olun' diyorum, oturmak isteyen daha fazla ihti-
yaç duyan biri var mı diye bakınırken... Yaşını tahmin ede-
mediğim bir kadın atıveriyor kendini; "Ayy sağ olun, acayip
yorgunum kusura bakmayın hanımefendi, siz pek keyifli
izliyorsunuz sağı solu... Ben ölüyorum ayaklarımın ağrısın-
dan. Ayyy dayanamıyorum, bir de çenesini kapatsa şu arka-
daki kızcağız," deyip, bir güzel yayılıyor.

Konuşan genç kızın gözünün içine bakıyorum; umurun-
da değil hatta farkında bile...

Kız durmaksızın anlatıyor. Hani nerdeyse hayat hikâye-
sine ait bir sinopsis hazır; "Ya anne, bir trafik sorma hâlâ
Taksim otobüsündeyim, buradan sonra Sarıyer minibüsüne
bineceğim."

Acaba yanlış araçta mıyım diye bakınıyorum.

Yerimi kapan kadın; anlamış ki cevap veriyor sorgulayan
bakışıma; "Rahat olun hanımefendi Sarıyer minibüsü bu, siz
nerde ineceksiniz?"

Valla asayiş berkemal!.. Rahatlamış bir halde dinleme-
ye devam ediyorum sohbetleri. Genç kızın sohbetine herkes
ortak.

Anne her ne diyorsa, kızın cevabı devam ediyor. Gari-
bim mazeret üstüne mazeret, her şeyi biliyoruz en ince deta-
yına kadar nerdeyse.

Koca bir minibüs, aileyiz yahu işte gizli saklımız mı var, şunun şurasında 'minibüs ailesiyiz' hep beraber çözüm düşünüyoruz. Devam ediyor minibüs ailesinin kızı;

"Ya anne, kahretmesin o Ozan beni rezil etti var ya, ben ona sorarım. Manyak anne ya! Manyağın biri... Bana yalan söylemiş ayyyy silme manyak anlayacağın. Off yahu kurtuldum anne. Anne sen uyu, bekleme uzun sürecek. Off ya neden inanmıyorsun bana anne, ne zaman yalan söyledim sana."

"Ya anne o zaman başkaydı durumlar."

"Sus be kadın kapatıyorum, Allah senin de Ozan'ın da belasını versin."

Valla da 'çat' diye kapattı telefonu anasının yüzüne.

Arka koltukta, yanında oturan orta yaşlarını az geçmiş amca karışmaz mı, karışır tabii söze. Ee minibüsçe aileyiz şunun şurasında. Her şeyi kayıt altına almış amca.

"Yavrum yazıklar olsun ne çok yalan ettin anana! Ayıptır günahtır heç mi acımaaan... Tuuu senin o boyalı yüzüne... Azcıkta o diline badana yapayudun ya! Puhhh senin suratına. Ben senin anaaanın yerinde olsam seni kapıın öğüne koyarım alımallah. Besle büyüt aha da böyle etsin ana babaya."

Önde oturan bir kadın almaz mı sözü, elbette alır.

"Dayı sana mı düştü kadının namusu, kocaman yetişkin kadın! Böyle baskı ve bu bakış açısı yalana sürüklüyor, neden anlamaya çalışmıyorsunuz gençleri!" diyecekleri bitmemiş, devam ediyor.

Ben de dikkatle dinliyorum. Gerçekten ne düşüneceğimi bilemiyorum. En iyisi dinlemek şimdilik! Söyledikleri doğru.

"Hep sizin gibiler yüzünden memleket bu hale geldi. Örümcek kafalı insanlarsınız. Daha kaç kadın öldürülsün!

Sizin gibiler yüzünden her gün onlarca kadın öldürülüyor. Biliyor musunuz beyefendi, bu yıl kaç kadın öldürüldü? Duydunuz mu daha geçenlerde Samsun'da gencecik bir kız, bir sapık tarafından öldürüldü, hep sizin gibi bağnazlar yüzünden."

Genç kız suskun, sorun ondan çıkmış ya; mutlu mu, üzgün mü, anlamaya mı çalışıyor, çıkaramıyorum.

Trafik tıkalı, şoför sağa sola kaçarak trafikten kurtulmaya çalışıyor ancak zor. Maslak sırtlarındayız görebildiğim kadarıyla. Aha da az aşağıya doğru iniyoruz deniz göründü. Offf siliniyor bir anlık yalanlar ve memleket derdi. Masmavi deniz, gülümsüyor. Sıcak, fena sıcak, herkes buram buram ter ve kavga kokuyor.

Umurumda değil dürüstçe söylemek gerekirse. En azından şu birkaç saat... Biraz sonra İstinye'de inip gerisin geriye Emirgan'a yürüyeceğim.

İndim, yürüyorum.

Saat kaç? Hay Allah saat öğle sonrası dört! Daha kahvaltı yapmadım. Konuşmalar, 'minibüs ailemin' etkisindeyim hâlâ! Şarkılar, şiirler çığırıyor iç sesim.

Kendime dönüyorum; bir ben varım, bana çatacak.

'Ee kızım sen turist turist gez. Bak böyle memleketin hâli, böyle işte! Neyse, haydi çıkar iki parça ceviz içi, bir iki kuru üzüm çıkınından. Şekerin düştü. Biraz da su iç, idare eder kahvaltıya kadar.' İç sesim böyle buyurdu! Bu benim benle konuşan.

Geldim, karşımda Emirgan.

Gözlerimi alamıyorum, az ötede ikinci köprü.

Sağırım. Dilsizim. Gözüm hiçbir şeyi görmüyor.

Kimse aramasın sormasın; ben, deniz, çay ve simit yeter derken, kahvaltı yapmak istiyorum; açım. Sessizce seyredeyim denizi, güneş kamaştırsın gözlerimi, korna seslerinde, kaybolayım insanlar içinde... Hayat güzel, bize rağmen ey insanlar! Gerçekten güzel.

Beyaz peynir, zeytin, kol böreği domates salata ve olmazsa olmazı çay; ince belli bardakta... İlle de ince belli, hem de Ajda bardakta, alta doğru hafifçe kıvrımları kalınlaşan.

Ne minibüsteki kavgalar ne yollardaki trafik, ne memleket derdi, dürüst olmak gerekirse; hiçbir şey şu an'ı benden alamaz. Eğer bir yaşanmışlığı yazmak gerekiyorsa hesapsız, samimi duygum bu!

Dün indim İstanbul'a, özlemişim hem de çok!.. Sokakları, keşmekeşliği... Aynı gün içinde; Emirgan, Karaköy, Kadıköy, Taksim, Sarıyer, Boğaz'ın her yanını gezen var mı? Zordur bilirim ama ben gezerim. Yarı abdal, yarı deli, valla da gezerim her yeri... Kurtulamaz bazen Sultanahmet, Kapalıçarşı hatta Şişli... Niye mi Şişli? Mecidiyeköy'den aşağıya Halaskargazi'ye doğru yürümenin tadını çok yıllar sonra keşfettim. Taksim Kristal, hamburgerin tadını ilk keşfettiğimiz yer... Epeyce bir zamanım geçmiş buralarda.

Yıllarca Rumeli Caddesi 35 no'lu Nur Apartmanı'nda çalış da bu yolları yürüme! Bir tek, Metris, Örnektepe 54Ö, Edirnekapı arası...

Nereye gidersen git, gurbet her yanın.

Yersiz yurtsuz olmak belki de memleketsizlik, seni âşık etti sözcüklere. Birlikte bakalım, Şükran Kurdakul'un şu dizelerine:

dağ yolları gibiyizdir, uzağa düşeriz
ararsan şiirin gurbetinde ara bizi.
belki rüzgârımız ses verir bir dizeden
belki bir imgeye vurur düşlerimiz.
Yalnız memleket mi özlenir, elbette dostlar da özlenir...

Hem de çok! Çok özlüyorum.

Günlüklerden buldum hasret giderdim. Belki özleyenlere de dermandır, bilirim.

Dumur'la Bir Gün

Yalnızlığına sığınan insanları nasıl oluyor bilemem ama tanıyorum bir bakışta. Öyle çoklar ki, ya da ben yakalıyorum onları sezgilerimle.

Sırtı dönük bana, martıları bekliyor, ekmek parçacıkları elinde. Beni fark etmiyor. Yaklaşıyorum sessizce. Tanışmadık öncesinde ama biliyorum seslensem ses verecek sesime. Tam da düşündüğüm gibi oluyor, ben ses vermeden o başlıyor konuşmaya; "Siz ve ben bu denizin kıyısında oturuyoruz," diyor ve devam ediyor. "Tek deli ben sanırdım, bu ayazda, her yer kapalı insanlar hapsolmuşlar evlerine ama kalpleri de hapis onların, tutsak bence toptan herkes, ne dersin?" diyor.

Ben soracaktım soruları, 'merhaba' diyecektim hay Allah şaştım! Ama teklemeden yanıtladım yine de sorularını.

Epeyce bir sohbetten sonra adının "Dumur" olduğunu söylüyor. "Anlamı ve sen pek benzeşesi değil" sözleri çıkıyor ağzımdan hiç düşünmeden.

Yanıtlıyor beni Dumur öyle akıllı, adının aksine zeki... Aklımda kalan sözleriyle aktarayım;

"Önce abimi öldürdüler işkencede, sonra annemi yitirdim kanserden ve bir adamı sevdim körü körüne, kimdir nedir bilmeden. Hep kalbimin sesini dinledim, mantık neydi ki! Hiç bilemeden geçti yıllarım. Aldatıldım ruhum duydu, aklım itiraz etti. Bekledim günlerce, ölüme direnmek gibiydi, biliyor musun? Ama herkes bilemez, yaşamayan hiç bilemez," diye noktalar gibi oluyor ki, araya giriyorum.

"Bunlar ortalama her insanın başına gelebilecek şeyler, sana Dumur denmesi için yeterli değil," diyorum.

"Yoook!" diyor. "Ben safım hatta salaklık derecesinde safım. Aslında, saflık tercihim kötülük olsun istemiyorum. Kötülük bende öcü gibi... Küfür ediyorlar ya bana, cevap vermiyorum. Hakarete pek maruz kalmadım ama saflığım aptallığa yorulduğunda çok üzüldüm hep. Ben yine de kötülüğe tercih ettim saflığı."

Ne tuhaf diyorum kendi kendime; insan bazen kendisine benzer insanlarla kasıtlı mı karşılaşıyor acaba, diye sorgularken devam ediyor Dumur.

"Nietzsche diyor ki; 'İnsan kendini aşamamış bir varlıktır.' Sence de öyle değil mi?"

"Evet," diyorum. "Bundandır bütün yaşadıklarımız; savaşlar, hırs, ego, kavgalar, açlıklar... Başka neden ola ki!" diye yanıtlıyorum.

"İnsan tuhaf bir varlık. Mutluluğu ararken mutsuzluk girdabında debeleniyor ve hep sanıyorlar ki, bir kahraman çıkagelecek. Samuel Beckett'in "Godot'yu Beklerken" kitabını okudun mu, hani o hiç gelmeyecek kurtarıcıyı okudun mu?

"Evet, diyorum, ama bu neyi değiştirir ki?" devam ediyorum; "Okuyan, bilen insanlar en çok birbirlerinin canını yakıyorlar, en çok onlar sorunlarıyla, minnacık dünyalarında boğulmaktan, dünyanın sorunlarını göremiyorlar. Umutsuzluk, ne kötüdür değil mi Dumur?" diyorum.

"İnsanlar inanmaktan çok korkuyorlar. Görmediklerinden daha çok korkuyorlar," diyorum. "Hem de sözcükler nasıl oluyor da bu kadar korku imparatorluğu kuruyor insanlar üzerinde!"

"Samuel Beckett'in oyununda, neyi ve kimi beklediklerini bilmiyorlar. Üstelik umudun ne olduğunu da bilmiyorlar."

"Peki, Dino Buzzoti'nin Tatar Çölü'ne ne dersin, orada da Genç Teğmen Drago'nun bir saldırı beklentisi karşısında yıllarca süren ve gerçekleşmeyen savaşı beklemesi... Bir de Yer Demir Gök Bakır romanında köylülerin, zengin tüccar Ali Efendi'yi bekleyişlerini de katalım olmazlıklarımız arasına. Nedir bu beklemek, çaresizce beklemek?"

"Çok şey var yapacak," diyor ve nihayet adımı soruyor.

"Sultan," diyorum.

"Adın gibi misin?" diyor.

"Ehhh, sayılır bazen rolüm değişse de sultanlıkta kusur etmedim," diye takılıyorum.

Kısa sürede yakınlık hissedeceğiniz çok az insan vardır. Dumur'da bir başka sıcaklık vardı. Bilgisi, doğallığı insanı sarıyordu bir anda.

Yürüyoruz deniz kıyısında.

"Bana gel," diyor.

"Gelirim," diyorum "ancak geç saatte araç bulmam mümkün mü?"

"Mümkün," diyor ama "kalabilirsin de..."

"Hele bi gel, belki sever kalmak istersin."

Gözlerindeki dostluğu, samimiyeti yakalıyorum.

İkirciksiz bir şekilde; "Peki," diyorum.

Yola koyuluyoruz. Minibüsle Dumur'un evine doğru yol alıyoruz. Bodrum merkeze 20 dakika kadar sürüyor yol.

Ve Dumur'un evindeyiz. Çok iyi döşenmiş, kitaplıklarla dolu bir ev. Bir yemek masası, eski tarz bir müzik seti. Hatta gramofon ve 70'lerden kalma 45'lik plaklar... Heyecanlanıyorum.

"Rakı da var!" diyor.

Çok iyi, diye düşünüyorum. İki dilim antrikot çıkarıyor dondurucudan. Ben salata yapayım, diyorum bir iki patlıcan ve sivri biber çarpıyor dolapta gözüme. Kırk yıldır yaşamışım bu evde duygusu gelip çörekleniyor yüreğime. Ne desem ki, aynen böyle! Patlıcanı azıcık yağda biberle soteliyorum. Salata, peynir, meyve, zeytin, et, kuruyemiş harika bir çilingir sofrası. Ya muhabbet! Sormayın, anlatsam tadını veremem ki! Yaşayarak anlarsınız bazı anları ancak. O gece, misafiri oluyorum Dumur'un. Evet, sabaha karşı anlıyoruz ki, geçmişten bir yerlerde dokunmuşuz birbirimize; Metris Cezaevi'nde. Dumur da benim yaşlarda, âşık olmuş bir delikanlıya delicesine... Sonra ne garip ki âşık olduğu delikanlı başka bir cezaevine nakledilmiş ve aşkları oracıkta bitmiş. Dumur, tabii adı o zamanlar Dumur'suz henüz; felsefe okumuş, dünyayı bir başka görüp yorumlamış. Okumadık filozof, matematikçi, okumadık roman bırakmamış yerli yabancı klasiklerden. Şairler, şiirler ondan sorulur. Hayran kaldım ezbere okuduğu Shakespeare'in 26. ve 66. sonelerine.

Mayakovski favorisi ama Staline kızgın, 36 yaşında ölüme giden Mayakovski'nin ölümünden sorumlu tutuyor Stalin'i.

Anna Akhtmatova, diyor.

"Aaa requiem'i var, değil mi? Mayakovski 1913'te diye bir şiir yazmış ve çevirmeye çalışmıştım," diyorum.

Hemen heyecanlanıyor. "Okur musun benim için?" diyor.

"Tabii," diyorum.

Anna Akhtmatova'nın Mayakovski'ye yazdığı dizeleri okuyorum kendi çevirimle.

"Biliyor musun Sultan ,ben kafayı bu yüzden yedim."

"Estağfurullah," diyorum.

"Offf be kibar olma," diyor gülümseyerek.

"Sen hâlâ direniyorsun ama kumaşın bana benziyor. Umarım seni de dumura uğratmaz bu toplum, bu insanlar," diyor.

"Aç gözünü insan hâlâ kendi girdabında boğuluyor. Dünyayı kurtarabilir mi, kendi kıçını kurtaramayan bu mahlûk?" diye soruyor.

Rakının demindeyiz ikimiz de; "kayıt altında değil," diyorum bundan sonrası.

"Al!" diyor "kayıt altına. Çivisi çıkmış bu dünyanın, anası ağlamadıkça kurtuluşu yok bu insanın. Kendi ateşinde yanmalı, canı yanmalı bırak her sözümüz möhkem olsun, ayıbı yok sözümüz meclisin içinde de dışında da olsun."

Ne çok Dumur'a ihtiyacı var bu dünyanın!

Çok yaşa Dumur!

Xece[1] Ağlamaya Utanmıştı

Alelacele mahalledeki hem ebe hem sınıkçı olan Zekine teyzeye koşup çağırmamı söylediğinde anam; gözüm, içinde sıcak su hazırlanan bakır leğene takılmıştı.

Mahallemize daha iki yıl kadar önce amcasının oğluna gelin getirilen Xece, ilk çocuğunu doğuracaktı. Utangaçlığıyla beni bu kadar çarpan ve hafızamda kalan bir Xece daha ya da başka bir isim yok aklımda! Yemyeşil gözleri, kumral saçları, dolgun dudakları hep ağlayacakmış gibi mimikleri olan bu genç kadın (19 yaşlarındaydı sanırım) mahalleye gelin geldiğinde düğününde pek oynamıştık. Çocuk, şımarık ben ve utangaç Xece hep iyi anlaşmıştık. Utangaçlığı içimi sızlatan bu kadında, ilk kez doğum olayına tanıklık etmiştim.

Gecekondumuzun bitişiğine inşa edilen yedek bir oda, derme çatma bir mutfakta oturuyorlardı. Eskilerin pek itibar ettiği; "bir oda bir sofa"yı cüzi bir miktarla kiraya vermek, o zamanın köy/İstanbul'unda pek yaygındı.

O gün Zekine teyzeyi bi koşu alıp gelmiştim.

"Çocıg gelii de zena ne sancı gire süte süte," diye diye yürümüştük eve. Hee, bana ne oluyordu ki, bebek gelecekti şunun şurası... Bendeki merak işte, 'ne bile hâlımı Zekine teyze.'

Hemen kolları sıvadı kapıdan girerken, ben de boyumun zar zor yetiştiği pencerenin dibine tünedim.

1 'X' Kürtçe'de 'H' harfi yerine kullanılmaktadır.

Utangaç Xece'nin kıpkırmızı yüzü ve ıhlamaları dışında bi ses yok! Bi de birkaç kadın, hem oturma hem yatak odası olan bu odanın bir kıyısındaki sedire ellerini dayamış yarı oturur vaziyetteki Xece'nin ıkınması için ha bire sırtını ovuyorlar. Ne kadar zaman geçti tam anımsayamasam da... O sancıyı sanki ben çekmiştim, âdeta ilk doğum korkusunu yaşamıştım!.. Ahdetmiştim; doğum yapmayacaktım, işin aslı yapamadım da belki de korkudandı.

Zaman kavramı çocuklukta gerçekten farklı işliyor; çok uzun sürmüştü o acı, çekilen ân'a tanıklık. Doğum gerçekleşmişti ama ses yoktu bebekte. Simsiyah saçları, poposuna vurulan şaplakları görüyor, duyuyordum ama 'ınga ınga' sesi yoktu. Bebek ölü doğmuştu.

Yıllar yıllar sonra anne olduğumda o anki acıyı daha içten hissetmiştim. O zaman da çok ağlamıştım. Bebeğe mi, Xece'ye mi pek anımsayamıyorum. İki hâl de içimi acıtmıştı fena halde. Utangaçlığından çektiği acı... Ölen bebeğiyle ilgili duygusu neydi, neler hissetmişti acaba?

Zekine ebe, bebek çok büyük olduğu için "heznede boğuldu," diyordu.

Zeze'nin, bi taraftan, "tüh çıtanjı zar ki rindık bu, lavuk bu vış vışşş..." (Tüh tüh, ne kadar da güzeldi, üstelik de erkek çocuktu) diye dövündüğü hâlâ aklımda.

Kaynana kapıda, ellerini böğrüne kavuşturmuş, bilgiç edasıyla, Kürtçe; "teba nabi, daha gencin, cane layemı xaş bu yeki din dibi, daha pir zar dibi." (Bir şey olmaz daha gençler, oğlumun canı sağ olsun, bir tane daha olur, daha çok çocukları olur.)

Bu sözler, o zaman bile midemi bulandırmıştı. Akşam anneme sormuştum tabii. O da her zamanki yorgun hâliyle başından defetmişti beni. Sorularım hoşuna gitmiyordu. Kim bilir biraz büyüsem neler yapardım neler... Ona göre çılgın bi kızdım. Ben ise baktığım yerden; kadının değersizleştiği aile ve geleneksel tüm değerlerin bütününü sezinliyordum, o çocuk aklımla. Yorumlayamasam da içimdeki isyanın ayak seslerini duyuyordum.

Bebek ölü doğmuştu.

Xece ağlamaya utanmıştı.

Kaynana, "oğlumun canı sağ olsun, yine yapar, daha genç," demişti. Xece'yi yok saymıştı.

Zeze, bebeğe acımıştı.

Elbette bebeğin kaybı üzücüydü... Simsiyah saçlı, koca bir bebek sesini duyuramadan gitmişti.

Peki ya Xece! Neler hissetmişti?

Daha birkaç yıl önce, kendisiyle yani Xece'yle bütün bunları konuştuğumda, anladığım, duyumsadığım gibi; içine akıtmıştı yaşlarını...

Bebeğinin mezarını da bilmiyordu.

O zaman olağandı, gelenek vardı, ses çıkarmak yoktu.

Söz onun değil, söz söyleyenlerindi.

Erguvan

Kapıyı sessizce açıp içeriye girdiğinde, o gözlerin her zamanki gibi kendisini karşılayacağını sandı.

Girişin tam karşısındaki duvara dayalı duran sehpada, boş bir vazo... Tozlu kitaplar; eprimiş, sigara yanıklarıyla kaplanmış çekyat ve birkaç kanaviçe kırlent.

O'nun ruhunu hissetti, sesinin yankısı duvarlarda titreşiyordu sanki.

Odanın sol köşesinde banyo kapısı; kırık lavabo, alaturka tuvalet, epeydir kezzapla ovulmamış kirli hâliyle... Duruyordu öylece, kahverengi, biraz bejce.

Şans bambusu çiçeği, saksının dışına taşmış ve hâlâ yeşil. "Güneşi pek hazzetmez, arada su vermek yeterli, zahmetsiz..." dediğini hatırladı. Çiçeğin yapraklarına dokundu. Hafif bir toz tabakası oluşmuştu. O nasıl da özenliydi, çiçeklerini sularken. Konuşurdu onlarla, yalnızlığını paylaşırken.

Bir tutam ışık, pencereden içeriye girmeyi başarmış. Bakakaldı odaya, bir uçtan diğer uca... Daldı gitti öylece.

Rutubet kokusu odaya yayılırken, içeriye dalan rüzgârla...

Gün yine çekip gitmek derdindeydi bu odadan.

Yarı açık tül perde, eskimiş yırtık yerlerinden odaya sızan güneş huzmesi, maviden sarıya dönmeye başlamıştı bile.

Birden, erguvanî kızıl akşamlar düştü aklına ve hızla akıp giden yaşamı geçti gözlerinin önünden...

İçinde, bir deniz ve erguvanî sahici bir özlem depreşti. Boğaz'da yalılara güzellik katan, insana yokluğu, yoksulluğu unutturan erguvan...

Sonsuzca bir sevdasını hatırlarcasına, ellerini göğsüne yaklaştırdı. Bir dilek tutar gibiydi. Sevgi dolu insanlar neredeydi?

Neden artık kimselerin umurunda değil aşk? Aşksız insanlar. İşsizlik, yoksulluk, protestodaki öğrenciler, fabrikada işçiler... Kimsenin umurunda değil artık hiçbir şey.

İçindeki lacivertimsi duygu, akşamla karışık, derin bir iç çekti. Yağmur yağsa, diye geçirdi içinden. Ağlayacaktı bir güzel, beraberce akıp gidecekti dert tasa, gecenin renginde.

Son sevgilisini anımsadı, yüzüne yayılan hoş bir tebessümle, kömür karası gözlü adamı. Kendisine âşık o adamı... Sevmesine sevmişti de güven duygusunu yitireli, kırmızı bir çizgi çekmişti kalbine giden tüm yollara.

Yoktu sevmek, diye bir şey.

Gitmek, unutmak vardı sevginin fıtratında.

Sersemlik hem sevmek, özgür değilsin bir kere, diye gülümsedi, bu avunma hâllerine.

Gitti geldi özgürlük, tutsaklık arasında sıkışıp kalan kadınlığına.

Çocuk kalsaydım, dedi kendi kendine. İnanırdım belki sevgiye!

Sevgisiz sevişmek yoktu hayat kitabında.

Yalnızlığı, bu yüzden bu odayla arkadaştı.

Zordu yaşamak, bu yalnız lacivert akşamlarda.

Yırtık tülleri sıkı sıkı kapattı. Karanlığa hapsetti giden günü.

Kilitlemeden kapıyı...

Bir çift siyah göz ve yağmurlu akşam şehre çok yakışmıştı.

Kırmızıya dönen trafik ışığına aldırmadan geçti yoldan.

Yıldızlar kayıp, bir tek kendi ayak sesleri vardı.
Ve artık özgürdü, kayıp yıldızlar kadar.

Gerçekle Düş Arasında

Lüküs lambanın da elektriğin de daha oralara ulaşmadığı zamanlardı. Gaz lambası ışığında, bir kadın bir erkek... Yanı başlarında uyuyan bir çocuk!

Adı: Mahmut.

Kapıdaki tıkırtıyla açmıştı gözlerini. Sokağa doğru payandası olan, kafesli cumbalı bir ev... Kapısındaki nanelerin kokusuyla düşlere dalan bir çocuk... Düşleri, kederinden de kendisinden de iki kat büyük.

Mahmut, minyon yapılı, capcanlı, hareketli bir çocuktu. Gülen gözlerinde, bazen yaşlı bir insanın bilgeliğini yakalardı onu yakından tanıyanlar.

Küçük yaşından beklenmedik şakalar dökülürdü; o parlak, genç dimağından. Akşam karanlığı bastı mı ay'a selam durur, sonra garip sesler çıkarırdı. Kötü birilerini ya da benzeri bir duygu hâli sezinlediğinde somurtur, tuhaf sesler çıkarmaya başlardı. Bir garip hâlleri vardı Mahmut'un. Ama kaçarı yoktu, sünnet olacaktı, bütün erkek çocukları gibi. Bundandı geceye karışan korkusu.

Dışarıdan gelen sesleri duymak rahatlatıyordu, kafasındaki kaygıyı dağıtıyordu da nasıl olacaktı şu sünnet!

Soru sorsa dinlenmeyecekti biliyordu; bu nasıl bir kuralsa, başka hiçbir şansı yoktu ama bir şeyler yapıp, atlatmalıydı bu işi.

Mahalleye gelen sünnetçi fırsatını kaçırmak istemedi besbelli nenesi. Yetimdi Mahmut, pek renkli olmamıştı hayatı.

Harlıca yanan kuzinenin dibindeki mindere oturmuş dedesi, nenesi sigaralarından bir duman daha çekerken.

Mahmut derin uykuda gibi ama sabaha bembeyaz planlar yapıyordu kimselere sezdirmeden.

Mahallenin köpekleri doyasıya havlıyordu. Gecenin serinliği, karanlık sokakların bacalarından tüten dumana karışıyordu. Ağaçların yapraklarını dökmüş hâli, geceye hayalet korkusu katıyordu. Hikâyeler, korku masalları yazıyordu Mahmut, sigara içen babaannesinin sigara dumanıyla.

Gözleri kapalı, bayram günlerini anımsamaya çalışıyordu. Bir masal anlatsaydı ya şimdi babaanne, nenesinden kalma; beşiğini sallasa tıngır mngır sonra uyuya kalsa dedesi. Ah şu sünnet günü bir rüya olsa!

Ne olurdu sabah hiç olmasa. Olmasa da gidip okulda sıra dayağına girse... Sokakta dayak yese...

Ah Mahmut, 'erkek olmak' için, sünnet olmak niye ki!

Karanlığa dikti gözlerini, arkadaki o ağaçlıklar geldi aklına. Kalktı salıncağa bindi, oradan neşeli zamanlara takıldı. Kar, kış bayram sabahlarını düşledi. Güvercinler uçurdu, köpeklerle dalaştı, ağaçlara tırmandı.

Dedesine yalvardı düşünde, sünnet olmasın diye. Sonra nasılsa gerçek ve düş arasında uykuya daldı.

Rüyasında erkekler dümdüz bir duvara tırmanıyorlardı dümdüz, ova gibi. Korktu Mahmut, tırmanmaya düz duvara, korktu! Çişi vardı soluğu tuvalette aldı.

Yine o sünnet kabusu(ydu).

Koca adamdı, hâlâ geçmişeydi yolculuk...

Ah Mahmut!

Erkek olmakla insan olmak arasında ince bir çizgi vardı!

Sen anladın, değil mi Mahmut?

İşte bazıları erkek olur, bazıları insan kalır.

Hayat bir okul Mahmut, bizler ise kırık notlarla hep öğrenci.

İşte, böyle...

Anlat Mahmut.

Konuş yarına, kim bilir belki değişir bir şeyler, insan olana.

"Cehaletin Meyvesiyim"

Gecenin hâlâ hareketli saatleri, inlemeye benzer bir sesle sol tarafıma dönmem ve gözleriyle karşılaşmam aynı anda olmuştu. Karşı koyamadığım, bir yardım etme duygusuyla yanına yaklaştım.

Kapkara bir çift göz, etrafında mora çalan halkalar. Beyazı, beyaz mı beyaz; karası, kara mı kara gözler...

Kim olduğunu anlamak için, gözleri yetiyor. Yazıyor sanki satır satır, hüznüyle bezediği ömrünü.

Okuduğum, duyduğum yaşam öykülerinin tümünün toplamı âdeta.

Tereddütsüz bakıyor yüzüme, 'çok önceden tanışıyor muyuz,' diye sorar gibi mi yoksa yakın hisseden bir bakış mı, pek anlayamıyorum.

Çok da dert etmiyorum bu durumu, yanına oturuyorum. En fazla otuz yaşlarında. Giyim kuşamı düzgün ancak dağılmış bir hâli var.

Konuşmasında bir boş vermişlik ancak sözcükleri hüzün ağırlığında... Kafası dağınık gibi görünüyor ilk anda, konuşmaya başlayınca alıp götürüyor kalbimi bu diyardan başka diyarlara.

"Konuşmak ister misin?" diye sormamla, başlıyor anlatmaya.

Kesmiyorum sözünü, soluksuz dinliyorum.

Ve anlatıyor:

"Dün'ü konuşmak, kabuk bağlayan bir yarayı kanatmaktır, yarın ise umut... Yarını değiştirmek umudum, bir tabloyu boyamaya benziyor. Sıfırdan hayata başlamak gibi, engelleri olmayacak bir dünya belki benimkisi. Aşksız yaşamayı, yaşamdan saymayanlar var ama ben yarına âşığım," diyor.

Ve devam ediyor:

"Aşk'a güvendim bir zaman, aşk var olduğunu hissetmekti, aklını bedenini, ruhunu teslim etmekti. Korumasızca, bir orduyla yürüyormuşçasına direnmekti. Benlikti aşk, tüm savunmalarından arınıp teslim olmaktı.

Gösterişsiz olmaktı aşk, kaybolan benliği yeniden kazanmaktı.

Aşk, kuytularda bir sığınmaydı, korumaydı sevgisizliğe inat.

Evlenmek neydi? Kadınların en çok acı çektiği, çoğunluk tarafından kabul gören ancak yalan ve ihanete hizmet eden sistemin dinamosuydu. Anlıyor musun, sen de bir kadınsın!

Ben, cehaletin meyvesiyim; anam inanç, babam erkek.

Ben, yaşamak istedim ancak güzelinden...

İdeallerim vardı...

Gökyüzünden yıldızları toplayacağımı sanırdım çocukken, şimdi bir taş parçası o yıldızlar yeryüzünde.

İşte, bu yüzden, yarın ve umut kardeş gözümde.

Anladın mı beni?"

"Seni çoğu kadın anlar, ben de anlayabildiğimi sanıyorum," dedim ve sohbetimiz daha derinlere gitti.

O sohbetten paylaşabileceklerim şimdilik bu kadar; kısadan hisse, yaşamlarımıza dokunuyor o kapkara gözler, o derin bakışlar.

Kadın

Ellerini peştamalına silip, silkindi.

Daha iki gün önce kocasını kaybetmişti; beş çocuk, gözünün içine bakıyordu.

Boy boy, kızlı oğlanlı... Ayaklarında yırtık lastik cizlevit ayakkabılarıyla, parmak uçları dışarıyı seyreden soğuğa, kar borana alışkın ayakları. Başları öne eğik, yarın kaygısından bîhaber, analarının dizinin dibinde sıra sıraydılar.

Köyden kente gelmiş de yoksulluğu bitmiş miydi kadının? Katmerliydi şehirdeki hayat, çok katmanlı bir yaşam bekliyordu kendisini.

Daha bu şehirdeki yabancılığını atamadan, kocasını inşaattaki bir iş kazasında kaybetmişti. İnsan bu kadar mı kimsesiz olur, bu kadar mı adaletsiz bir yaşam olur?

Gücünü toparlaması gerektiğinin farkındaydı, üstelik ağlamanın bir lüks olduğunu hiç bu kadar hissetmemişti. Hiç bu kadar, iliklerine kadar öğretilmiş bir 'analık' ruhuyla sarsılmamıştı.

Hiç çalışmamış sayıyordu kendini, köyündeki emeklerini, büyüttüğü çocukları ve daha ötesini yok sayıyordu.

Yok sayılmıştı.

Heba olan emek yokluğuna inandırılmıştı.

Peki ya şimdi ne yapacaktı kadın?

Beş çocuk ve kadın; bir göz oda, bir hol ve holde derme çatma bir mutfak. Kapı önündeki toprak yollukta, derme çatma bir tuvalet. Ve tuvaletin dibinde bir kuyu... Köyden getirip, ektikleri ahlat ağacı. Sevmişti ekildiği toprağı ahlat, arsızca boy vermişti.

Kuyunun çıkrıklarının sesi, ahlatın dallarının sesine karışmıştı.

Sesini kattı ahlata, çıkrıklara...

Kime ne kötülük etmişti?

Hayatı neden bunca kötülüğü; ölüm ve yoksulluğu çekmişti?

Kalbinin çöllerine ektiği hayallerine ne olmuştu; tarlada, sabanda düşlerle, ekmek yoğurduğu teknede mi yitip gitmişti her şey!

Beş çocukla, beş hayatla gömüldü kadın gecenin sonsuzluğuna.

Hatıra Defteri

Onu, onun o iç ısıtan sözlerini, doğallığıyla hayatın içinden akıp gidişini hep hatırlayacağım.

Hamide, ilkokul arkadaşımdı. İlkokuldan sonra hiç okula gitme şansı olmayan Hamide...

Pırıl pırıl zekâsıyla, yoksulluğa nanik yapardı Hamide. İçimi güven kaplardı, evlerindeki yer sofrasında; Sana yağıyla (ilk tattığımız margarin markası idi: 'Sana') karılmış peyniri, yufka ekmeğine sararken.

Bir zeytini üç hamlede ekmeğe katık edip midesindeki açlığı bastırırken...

O zamanlar, 'herkes biraz daha eşitti...'

O zamanlar da herkesin aynı derecede doymadığını bilirdik.

Çocuk aklı, kalbi öyle hafife almaya gelmez. İnce ince eler birçok şeyi, en ağır acıyı ve en güzel olanı unutmaz! Elmas avcısıdır gözü, yüreği... En kirli görünen yerden bile en parıltılı ve sahici olanı seçer.

Çocukluk, bir kez yaşanan, ölünceye dek okunacak bir başucu kitabı gibidir.

Hamide, o kitaptan bir sayfada kara kalemle çizilmiş bir kalple çıktı karşıma bugün. Bir hatıra defterimde, siyah beyaz fotoğrafı, bir de çizdiği bir kalbin yanında... Siyah önlük, beyaz yaka, omuzlarından iki yanına akan belik saçlarıyla...

Hatıra defterimin ilk sayfasında Hamide, çocukluk mânileriyle; "sepet sepet yumurta, sakın beni unutma!"

Bir anısıyla canlandı bugün gözümde; anlatayım:

O günlerde, hüznü kadar da güzeldi kimi an'lar. Gülünce sahiden gülerdik. Ağlayınca, gözlerimize sanki soba dumanı kaçmışçasına; kıpkırmızı olur, salya sümük ağlardık.

İçinde bulunduğu güneş sisteminin bilmem kaçıncı gezegeninde, şu boylam ve meridyende yaşayan sekiz milyar içinde bilmem kaçıncı kişiydi Hamide... Becerebilmek kolay mıydı onca milyar içinde görünür olmayı.

Düşününce hayatın tuhaf hâllerini, tepesindeki bulutla karışırdı kalbi. Koyu gri ve açık gri bir arada, hiç mi beyazı olmazdı ama yoktu beyaz. Tepeden tırnağa, sekiz milyar içinde sıfır hissederdi kendisini bazen.

Birlikte eğlenmek için ciddi bir çaba sarf ederdi. Mizah duygusu iyiydi; hatta ilkokuldan mezun olacağımız sene sonu mezuniyet töreninde, bir palyaçoyu canlandırmıştı... Sahnede ne söyleyeceğini unuttuğu bir an, işi inanılmaz bir kurnazlıkla kurtarmıştı ve aldığı alkış mizahî zekâsınaydı o gün. Öğretmenimiz çok mutlu olmuş, gülmekten kırılmıştı herkes gibi. O günden sonra okul gazetesine, her hafta karikatürlü hikâyeler hazırlamıştı. Ne günlerdi!

Sonrasında karanlık günler de yani zorlu zamanlar da yaşamıştı. Gelgelelim kafasının içi karlı günlerde açan, parıldayan gökyüzü kadar berraktı...

Arayıp sormuş bulmuştum 2000'li yılların bir senesinde, Silahtarağa'daki evinde. Sonrasında, hep ziyaret ettim. Tanımıştı beni ilk görüşte, aradan kırk yıl geçmesine rağmen. O bir bilgeydi; "kimi insanların bakışı, gülüşü hep çocuktur," demişti. Kemiklerimi kırarcasına bağrına basmıştı beni. Hiç evlenmemiş, hatta "hiç âşık olmadım, güvenmedim," demişti. Kendisiyle barışıktı. Gururlu, hep güleç, hep sevecendi

Hamide.

Aramızdan ayrılmış Hamide. "Bana bu kadar yetti bu bahçede oynamak," demişti en son görüşmemizde.

Bu bahçeler meyvesiz, bu bahçeler sensiz artık Hamide.

Güzel arkadaşım, insan kaldın, insan olarak terk ettin bu kuruyan bahçeyi.

Anılarımızdan kısa bir kesit bıraktım buraya.

Seni unutmam mümkün mü Hamide!

"Her şeyin geçici olduğunu düşünmek, en güzel iyimserlik benim için. Kala kala insanda güzelliğin anısı kalır."

Leyla Erbil

İçimdeki Yıldızlı Gökyüzü

Hayatın, tümden mekteplerden geçmediğini öğrendik.

Mahalleye indim yine. Kadınların muhabbetlerine kulak kabarttım bir kez daha.

Onlar; mutfakta, tarlada, sokakta, kapı aralarında, dere boylarında, su taşımalarda... Onlar; yaşama dair gerçekçi analizler yapmayı öğrendiler ve öğrettiler.

Onları her dinleyişte, içimdeki yıldızlı bir gökyüzüne bakar gibiydim.

Yaşamı kolaylaştıran sözleri ve öğütleri yalnızca kuru bir teselli değilmiş, yıllar geçtikçe anladık.

O kadınlar; babaannem, Zeze, Bese hala, Suna yenge bazen de mahallenin diğer kadınlarıydı.

Evet, mektep yüzü görmemişti bu kadınların hiçbiri. Her durumda, söyleyecek bir sözleri, önerileri, teselli edecek bir anıları, nüktedanlıkları vardı. Hemen hemen her konuda bilgeydi onlar. Dışarıdan alınan bilgi değildi, yaşamın derinliklerinden beslenmişti. Sözleri orijinal ve katıksızdı.

Bu bilge kadınlardan en azından birkaçının, hayatıma dokunmuş olması ne büyük mutlulukmuş meğerse!

***

Mahallenin alt tarafındaki çeşmenin kıyısında bulunan tümsekte otururdu yaşlı kadınlar. Yaşları, aslında 60-70 arası değişen, orta yaş üstü kadınlar. Nedense yaşlı sayılırdı, kırkını aşıp saçı-başı kırlaşan herkes. Bu durumun, toplumdaki yaşam süresinin uzunluğu ve kısalığıyla ilgili olduğunu yıllar sonra anlayacaktım.

Çeşme başındaki kavgalarda, Bese halanın o nüktedan öğütleri, kadınlara inceden inceye verdiği ayar ve ders... Hangi ders kitabı yazar ki insanın vefasını, şu hayatın içinden süzülüp gelen öğüdün derinliğini?

Eril bir kültürün ve dilin devamında payı elbette ki büyüktü bu kadınların, kullandıkları günlük dil.

Ancak bizlere anlattıklarına ne demeliydi! Hangi kitap yazdı, onların dillerindeki şiirsel sözcükleri, hangi kalem bu kadar muktedir olabildi!

Şado teyze, Bese halaya kocasının ihanetini gözyaşları içinde anlattığında, Bese halanın cevabı ve o bilge hâlleri aklıma geliyor da; sağ elinin iki başparmağıyla ağzının kıyılarını temizledikten sonra Şado'nun gözyaşlarını başörtüsünün kenarıyla temizleyip şöyle demişti:

"Unutma kızım erkek dediğin senin donunun dostu, başının düşmanıdır..."

Kürtçeydi bu sohbet elbette. İnanılmaz bir ufuk açıyordu kadınlarda, Bese halanın hayattan demini alan bu sözleri. Şado'nun cevabı da yine savunur halde idi;

"E napim xalti, ben bir dediğini iki etmem. Aha çocuklarla aynı odada yatıyoz, yakama düşüyor. Hema ben napim utanıyom çocuklarım duyar diye..."

Bese halanın sözlerindeki derinliği, yıllar sonra şöyle okumaya başlamıştım:

"Baş eğ!", "düşünme!", "ses etmezsen mutlusun."

Erkeklerin tek düşüncesi, kadının ona kadın olarak hizmet etmesi, sessizce baş eğmesi. Bütün bunlar, genelleme dâhilinde de olsa, sözdeki anlam hayattan almıştı demini. Kayda değer olan buydu zaten. 'Baş kaldırır, ses edersen; ya eziyet eder, ya seni terk eder,' özeti buydu Bese halanın öğüdünün.

Düşünüyorum da Bese hala, 70'lerden bugüne, özde pek bir değişiklik olmadı.

Evet, Bese hala, biz evrimleşmek için çırpınırken daha çok ölüyoruz. Ölüyoruz, hem de her yerde, ölüyor, öldürülüyor, vuruluyoruz. Bir başka coğrafyada intihar ediyor kimilerimiz.

Direnmeyi de anlatırdınız ya, en çok ordayız.

Demem o ki, kadınlar hâlâ yaşamak için ölüyor.

İnsanlık da aynı durumda, nam-ı yürüsün diye ölüyor.

Bu dünya, insana dar, insan bu dünyaya artık fazla sanırım Bese hala.

Sözleriniz yine de ışık, yolumuzu aydınlatıyor.

İyi ki gelip geçtiniz bu evrenden.

Aydınlattığınız mahalleyi aralıyorum bazen el yordamıyla.

Siz hâlâ yaşıyorsunuz oralarda, bir yerlerde.

Çilek Kokusunda Buğulu Çocukluğum

Mevsimlerden yaz... Aylardan Haziran.

Mart, Nisan, Mayıs gitti.

Çiçekler tohum verdi. Vakitlerden meyve geçişi!

Özlenir yine de dalında meyve, mevsiminde kokusu her meyvenin, her sebzenin.

İş-emek-ekmek kavgası suskun!

Sokaklar da eşlik eder gibiydi uzunca bir süredir, şu geçen günlerdeki sessizliğe. Ne güzel demişti Ahmed Arif:

"Dağlarına bahar gelmiş memleketimin." Bu dizeleri çığırır olduk, kapı pencereden baka baka, hep birlikte.

Bahçelerde güller renk renk, pencerelerde, balkonlarda sardunyalar...

Meyveler geçip gidiyor mevsim tadında. Sırada çilek var, mis gibi kokusuyla.

Çocukluğumda, mahallenin üst tarafına kurulan pazar geliyor aklıma. Tam da Etibank Caddesi'nin orta yerinde!.. Buram buram çilek reçeli kokan sabaha uyanışlarımı anımsadım da! Üstüne ne kadar koku ya da tat koyabildik onca geçen yılda.

Taze tutmaya çalıştığım anılardan... Yaz sabahlarında, sofralarımızı şenlendiren çilek reçelinin tadı ve kokusu canlanıyor hafızamda.

Eskilere yolculuktur bazen kokular... Meyvelerin, sebzelerin; Ayşe kadın -fasulye-, salata, domates, mevsiminde bir başka güzel(di).

'Çavuş üzümü', 'yapıncak üzüm' ilk anamdan, bir de mahalledeki o sevdiğim kadınlardan öğrendiğim meyve, sebze isimleri.

Sebzenin, meyvenin en iyisini dokunarak nasıl da anlardı o güzelim kadınlar, bir türlü çözemezdim. Ayşe kadın fasulyesi, kılçıksız olmalı, eline aldığında 'çıt' diye ortadan ikiye ayrılmalı. Zerzevatçı sesini çıkarmamalı. Satılacaksa beş on kilo fasulye Etibank Caddesi'nde, ekmek parası çıkmalı.

Suna yengenin sesi hâlâ kulağımda; "fasile fasile bena da koy..." Kilosunu en uyguna getirirdi bütün kadınlar ağız birliği etmişçesine... Pazarlık etmek neydi ki, sizden öğrendim. Yıllar sonra Avrupa'da insanların bir kuruş bile eksik olduğunda, seni aç bırakma pahasına da olsa, ürünü satmadığını gördüm.

İşte böyle; mevsimler, çiçekler, meyveler bir de insanın mevsimsel geçişleri gelir gider oldu şu günlerde gönül penceremden.

Çilek kokusunda buğusu, hüznü var çocukluğumun... Gidenlerin, geri gelmeyenlerin ve sevgilerinin derin izi.

Bazen de bir güleç telaşı çocukluğumun. Bazen anlatamadığım pencere önü muhabbetlerinin, damakta kalan tadı.

Kapı önlerinde, oturan kadınların eşarp uçlarıyla gizledikleri gerdanlarında bir beşibirlik düşü...

Müstehcen muhabbetlerin ortasında anlamamışlıktan gelen o kulak misafiri hâllerim.

Hepimiz aynı duyguyla mı algılıyorduk anımsamam mümkün değil ancak büyük bir ilgiyle dinleyip belleğe attığım kesin. Nerden mi biliyorum? Bugün anımsayabildiklerimden elbette!

Kendilerini, cazibelerini gizleyen, o etine dolgun, iri kalçalı, cüsseli kadınlar. Bütün doğallıklarıyla ağız dolusu gülüşleriyle mahallenin verandasını dolduran kadınlar.

Uzun boylu, kısa boylu ama çoğunlukla dolgun ve diri bedenleri aklımda.

Unutmak, kurtulmak ne mümkün o günlere dair, sizlerden bana kalanlardan.

Gitmeyin, kalın o rengârenk hatıralarla.

Gitmeyin, bir kez daha sarılsam mümkün olsa, doyasıya.

Karanlığın Girdiği Yürek

Yıllar öğretecekti korkuların nasıl avutulduğunu. Yıllar öğretecekti, bir yaranın nasıl kanatıldığını.

Baktığın yüzler, yüzlerdeki hüzün, gözdeki yaşın yalnızca bir savaş, bir mülteci, bir sürgün hikâyesinden arta kalan bir acı olmadığını. Gittiğin mektepler, oturduğun sıralardaki kazıntılar bile ve hatta okulun bahçe duvarına çizilen, hemen ardından kapatılan utangaç harfler sana derinden bakacaktı.

Sen ağlamanın, sen derinlere kazınan hüznün çetelesini tutarken geçen zamanı unutacaktın. Bir şey ama belki de tek şey dimağında kalacaktı; o çocuklukta yediğin aşure tadı gibi, domatesin kokusu gibi. Nenelerin saçlarına yaktıkları kınanın tozları dökülecekti yün döşeğin şiltesine. O yeşil koku, o ağrıyı aldığına inanılan koku. Kokular çıkmayacaktı aklından. Mezarlıklardan gelen o yabanî nane kokusu kazınacaktı, ölümle yaşamın varlığını unutamayacaktın.

Tarihin, yaşadıklarının belleğini yazdığına inanacaksın zamanla. Kokular ve renklerle zamana yolculuk yapacaksın kimi zaman. Metafizik kavramlar diye bazen uzaklaşsan da içinden bir şeyler hep seni dürtecek. Renk vereceksin, renk alacaksın aldan mora dönecek içindeki ışık ama öğreneceksin. İşte, o zaman sen, yaşadığını anlayacaksın.

Meseleler kovalayacak birbirini o çocuk dünyanda. Her mesele, bir masala dönüşecek sonra. O minik kalpte, o küçük bedende bunca rengi, acımsı şeyleri nasıl taşımışsın kaybetmeden, hep şaşacaksın.

Bu ağır yükleri taşırken, 'sana kalanlar neydi' diye düşünürken, içindeki ışıkla çarpacak kalbin.

Bir aşk evet, bu da bir aşk!.. Aşksız yaşayamazsın. Evet, aşksız, dünsüz ve sevgisiz...

Mesele dedin ya; meseleler arası koşarken sen. Sevginin kuyusu var içinde; bak artık ürkmeden. O Kuyuda tutulurdu, bozulmasın diye bir evde ne varsa... Kaç kez gecenin karanlığında diktin gözünü, o kuyunun dibine. O karanlık, sesinin yankısıyla sana döndüğünde nasıl da ürktün! Suyun karanlıkta oluşturduğu, rengini çözemediğin su tomurcukları...

Bir akşam ananın seni götürdüğü, okuttuğu hocayı hatırlatıyor değil mi; hâlâ o karanlık, o korku ve o koku?

Karanlıktı ve görünmezdi kuyunun dibi. Karanlığın girdiği yürekte gün aymazdı. İşte, o gece, o hocanın 'suya baktığı' akşam, hep o karanlığı anımsattı sana.

"Suda köpekler, yılanlar var... Çocuğu cin çarpmış hanım! Nazar var, çok nazar. Çıkarmamız gerek bu cini."

Baban, karanlığa düşmandı. Gözü kararmıştı bir an, yalnızca karanlık olandan... İçini hep aydınlık tutardı.

O, "yoktur cin min" demişti... Çocuklar korkabilir. Anlatacaktı karanlık ne, aydınlık ne...

İnsan neden korkar, hatta korkmak faydalıdır bazen, bunu da öğretmek gerek. Dil dökmek gerekiyordu, çocuk öğrensin diye. Akılla, bilimle beslenmeliydi çocuk bu yaşam seyrinde. Bilinci, öğrenince aydınlanacaktı. O korkutan karanlık! Sonra tanıklık ettiği karanlıklardan korkmayacaktı bir daha.

Bilmek, öğrenmek aydınlatacaktı.

Bilgi ışıktı ve hep olacaktı.

Yaşamak Konusunda Acemiydik

Yurttan Sesler korosuyla açtım gözümü o sabah, bir dosttan gelen ince bir mesajla. İyi ki var böylesi dostlar. Belleğin bir köşesinde sıkışıp kalmış acılara alıp götürürler bizi ya da mutlu bir an'ın kapısını tıklatırlar.

Dile getiremediklerimize, saz olur bazen, bazen tatlı bir söz, kim bilir yürekte sönmeyen bir köz olur da harfsiz hecesiz uzun bir kelâma dönüşürler.

Ömür, sadece bahardan ibaret değildir. Kışı, boranı, sonbaharı, ilkbaharı vardır. Yüreğe uğramaya görsün o kış; bütün ayazıyla, yapraklarınız solmaya durur, bir habersiz hazanda, çağlayan olur, ırmak olur akar, hangi bahardasınız şaşar kalırsınız. Yazı hiç de göremezsiniz.

Son günler nedense birbirinin tekrarı gibi geliyor. Bu tuzağa düşmemek için dirense de insan... İnsanlık hâli işte, aşk hâli mantığa uymuyor.

İnsan ömrü 'mevsimlere benziyor' kiminin hazanı tükenmese de kiminde bazen hep ilkbahar yaşanıyor. Ancak illâki her ömrün hazin bir öyküsü vardır. Kimisi mezara giriyor, kimisi kaleme dökülüyor.

Çocukluk günlerine sıkça yolculuk etmem de bu yüzdendir. Kalır belki diye bir köşede...

Çocukluğum; ayva ağaçlarının tepesinde, üzüm asmalarının gölgesinde geçti.

Ağaçlar ne çoktu, yaprakları kadardı desem, anlaşılır belki.

Bahçelerde elma, armut, yediveren güller.

Bir de nedendir bilmem o nakarat mıydı neydi?

"Kırklar, erenler...", türküler, cemler.

Sahiden, yaşımızdan hep birkaç büyüktü tanıklıklarımız.

Dillendirilmeyen acıların gözlerinde mil'dik bazen.

Kuşkusuz, anlamaktan uzak, hep biraz eksiktik.

Gerçek neydi, hayal neydi?

Belki de anlamadık, her şey gerçekten üretilen bir metafizikti!

Kısadan hisse; yaşamak konusunda acemiydik hep.

"Hepimiz Yeryüzünün Kiracılarıyız"

İnsanın varlığı, öylesine sıradan bir hikâye değil ki!

Kavgada da dirimde de, dilde de hayata damgasını vurmak ister mesela.

Kızıyorum kendi türüme sıkça; kafa karıştırıyor, bozuluyor tüm ayarları bazen.

Bütün bu yaşananlar karşısında, içinde, yanı-yörede olup bitene bakıp normal kalmak sanki anormal, ne edersiniz?

Ne bileyim, farklı refleksler geliştiriyor herkes kendince, kişiliğince... Ben kızınca öfkemi sözcüklerle dışa vurmayı seçtim. Küfür değil de her fırsatta sitem ediyorum 'insan'a, dilim döndüğünce.

Bunca sorunu akılsızlığımızdan çekiyoruz. Değil mi? Siz deyin.

Anamdan duymuştum ilkin, "akılsız başın cezasını ayaklar çeker," diye. İşte, böyle çoluk çocuk, genç, tüm dünya aç gözlülüğümüzün cezasını çekmiyor da ne yapıyoruz!

Her zaman, kendini merkeze koymuş bir varlığa 'insan' demişler. Doğayı merkez almak gerekirken hep 'ben merkez' yaşamış ve canlı bir makine gibi -ben bir tür terminatör diyorum- yok edip durmuş diyeceğim de durmuyor ki!

René Descartes, zamanında 'insan'ı bir makine olarak tanımlamış; yani insan: makine.

Bu dünyanın efendisi sensin ha!

Sen tüm etik değerlerini unut!

Had safhada, ne kadar kaynak varsa doğada, tüket!

Çevreciliği, duvar süsü gibi tablolarda, sloganlarda tanı!

Ne kadar çiçek varsa saksıda bırak!

Toprağı doyurma, ağacı budamak yerine yok et!

Sen hep hükmet... Sonra da bu olanlara hayret!

Her şey senin tahakkümünde... Sen hep sömür...

Doğayı, kendi içinde parçala dur!

İnsanı sınıflara ayır, zayıf olanı sömür.

Zayıf olan da başka değerlerle sömürülsün.

Böylesi bir zincirleme dejenere dünyada ne doğru kalabilir ki!

Sen böyle bozulurken, doğadaki diğer canlılar, mikroplar örgütlendi.

Evet, evet aynen de böyle, bizden güçlüler, an itibariyle.

Ama biz en yok edici varlığız hâlâ!

Onların da hakkından geliriz. Yarın ne olur bilemem ama o yarınlara da insan 'kerim'dir, hiç kafanızı yormayın.

Sen bu dünyanın sahibi değilsin, bunu anlayamadın bir defa.

Sen buraya geçici kondun; bir nevi kiracısın. Etik olarak 'hepimiz yeryüzünün kiracılarıyız.' Bu etik çerçevede bile, bulunduğumuz insan grubu ve tüm canlı gruplara, doğaya ve doğada var olan her şeye saygıyla yaklaşma etiğine sahip çıkamadık.

Toplumlara bu felsefi bilinci taşımak zordur ancak imkânsız değildir. Öncelikle, devletler ve bizler birey olarak bu 'evrenin efendileri' olmadığımızı bilmeli ve bu sorumluluk duygusuyla yaşamalıyız. Aksi durumda olanlara tanığız ve şimdi de hayvanat bahçesine kapatılmış canlılar gibi seyirciyiz.

Tüm evreni, hizmetimize sunulmuş sınırsız fırsatlar ve olanaklar bütünü olarak gördük.

İnsanın varlığını bir 'amaç olarak gören' anlayışın artık çağdaş ve ahlaki bir öğreti olmadığını anlatıyor bize doğa; hem de bağıra bağıra, hem de yok ede ede. Hak ettiğimiz bir sona doğru gidiyoruz, hem de bile bile.

O Günler

Tozun, açık kahve toprak rengine belenmiş pabuçlarla kamyonun damperine tırmanırken; sıyrılan bacak derimiz, kanayan diz kapakları pek umurumuzda olmazdı.

Bir saat sonra hayalimizi süsleyen Belgrat ya da Ağaçlı köyünün yeşilliklerinde top koşturmanın, körebe, saklambaç oynamanın hatta halay çekmenin keyfini hiç kimse, hiçbir acı elimizden alamazdı.

Cemse marka, Amerikan ithali kamyondu çoğunlukla, bizi o güzelim ormana taşıyan. O damperli kamyonun arkasında, hem de bağıra çağıra, bütün mahalle neşeyle ormanda en iyi köşe kapmaca ve birbirimize yakın olacak şekilde yerleşme telaşında... Yerlere serilen kilimler, birkaç minder ve soğuk bir yerde tutulan; yolda, Kemerburgaz'ın bir yerinde alınan kuzu etleri.

Herkesin olanağınca destek sunduğu ancak yiyecek olarak ne varsa paylaşılan.

Ortak kurulan sofra hâlâ aklıma geldikçe bir özlem, bir hüzün sarar içimi. Bu duyguyu akranlarım olan mahalleli dostlarım da yaşıyor, biliyorum. Hepimiz o günlerin özlemine banıyoruz bugünü. Yaşamın tadı pek yavan bu günlerde!.. Gitmesem o günlere soluğum kesilecek. Özlemesem ihanet edeceğim gibi.

Ne çok zaman geçmiş oysa üzerinden. Ben hâlâ dizleri yırtık pantolonları, kanayan dizlerimi anımsıyorum. Hâlâ gözlerimde donup kalan bir çift yaşla o günlere gitmekten haz alıyorum. Ben hâlâ tanık olmak istiyorum o günlerin sevgisine. O günlerdeki insanın yüreğine kefil olmak.

Anacak çok güzellik var. Var olmasına var da buna yetecek gücümüz yok artık. Anmak için, düş dünyamıza yolculuktan öte hiçbir şey gelmiyor elimizden.

Bir tek kanayan dizlerin, hissedilmeyen acısı geliyor aklıma. Peki, ağlama duygusu niye bu kadar ağır basıyor ki; siz de ben de biliyoruz nedenini. Bir şeyler her geçen gün bizlerden hızla uzaklaşıyor. Sevginin, saygının, tadı tuzu kalmadı. Bal börek yesek de açız. Bir şeyler ters gidiyor. O ormanları, o yüreği sıcacık insanları, yokluklara aldırmaksızın ağız dolusu gülen insanları anımsamak.

Hüzne banacak ne çok soru var elimde. Dönüp gideyim oralara da az da olsa içim ferahlar belki.

Kilimleri serdik dedim ya! Biz çocuklar hemen oyuna koyulurken, analar yerlere serdikleri sofra bezlerinin üzerine, elleriyle açtıkları börekleri tepsiler içinde cömertçe koyarlardı, yanına peynir ve zeytinle. Bir de Kemer'de aldığımız acı Kemer salatalarının acısı, ucunu kesip tepesine sürterek köpürte köpürte alınır. Bir güzel doğradıktan sonra üzerine bol tuz ekmeden olmaz. Buram buram domates kokusu eşliğinde, sofrada şenlik; mideye, yüreklere şenlik... Hiçbir zaman unutamayacağımız ve bir daha da o lezzette yiyeceğimizi bilemediğimiz domateslere hücum. Birer dilim börek; patatesli, sade, peynirli... 'Bizim ora işi' katmerler... Bilenler bilir o lezzeti, emeğin güzelliğiyle birleşen o lezzetin unutulmayacağını...

Hiç becerip yapamadım ama hamur işinin olduğu her haneden evimize börek, katmer getirilirdi. Mahallenin en hareketli, en sosyal çocuğu olan; bu garibana...

Yine dağıldım.

Neyse, kilim serildi, kahvaltı faslı dedim ya! O arada, saat kaç gibi on-on beş dakika uzaklıktaki denize yüzmeye gidilecek konusunda karar alınırdı.

Sonra mangal yakılacak ve satın alınan buz kütlesi içine yerleştirilen rakılar içilecek. Karpuzlar, peynirler meze olarak hazırlanacak. Çocuklar hep öncelikli olmasına öncelikliydi ama aklı oyunda olan o veletleri ormanın her bir köşesinden toplamak ne mümkün! İt gibi dilimiz dışarıda kalıp acıkıp susayana kadar ortalıkta görünmezdik.

Ali Atmaca, kirvemiz, mahallede en güzel türkü söyleyip bağlama çalan, Ali kirve. 'Kara düzen' çaldığı sazın tellerine vurduğunda, en çok dertli türküler gelirdi dile. Kendi besteleri vardı. Şimdi anımsayamadım sözlerini. Uzun uzun kıtalar halinde. Civar köylerce pek bilinen bir kişiydi Ali Atmaca'nın türkü ve deyişleri...

Babamın sesinden;

Karadır kaşların ferman yazdırır
Bu aşk beni diyar diyar gezdirir
Lokman Hekim gelse yaram azdırır
Yaramı sarmaya yâr kendi gelsin...

Ah Mehmet amcam, hiç öz amcam yoktu... Babam tek çocuk(tu) babaannemin deyişiyle; "az doğurdum, öz doğurdum." Ancak amcalarım, halalarım hep çoktu. Hele Mehmet amcam, pırlanta yürekli adam, senin gibisi yoktu. Sesin, mimiklerin...

Sigaranın dumanı, alır gider miydi kederini bilmem ama

türkülerin ağlatırdı ya da sevdasını yitirenlere acısını hatırlatırdı.

Sesin ve birkaç dize aklımda, o seninle bütünleşen türküde;

O Çamçığın ovaları
Güçük gelin hasta olmuş
Gadan alim
Ayma gelin ayma gelin
Eller duyar cayma gelin...

Rıza dayımın o uzun hava söylerken, sahnede gibi ciddi edası ve nota tutturmak istercesine, salladığı ayağı...

Şu yüce dağları duman kaplamış
Yine mi gurbette kara haber var
Seher vakti bu yerde kimler ağlamış
Çimenler üstünde gözyaşları var.

En zor da annelerin; kadınların işiydi. Ciddi bir eşitsizlik vardı. Kadınlar, hep pişir, topla, yıka işleri yapıyorlardı. Üstelik bazen sarhoş olanların hâli de aklımda. Sarhoş olunca inceden bir bendini aşma hâlleri... Ancak her şey çözülüyordu, tatlıya bağlanıyordu günün sonunda.

Yolda, damperin üstünde "ya ya ya, şa şa şa Yadigâr amca çok yaşa" da sloganımızdı. Babamın şoförlüğü güven verirdi. Sormayın, köye ilk şoför giden kişi babammış! Anam hep anlatır dururdu. Haa bir de "kızım kızım sakın şoförle evlenme, çok çapkın oluyorlar." Çok gülerdim.

Bilgimiz meğerse biraz da gördüklerimizle orantılıymış!

Çocukluk hâli işte kaldı öylece 'gökyüzünde, gitmiyor hiçbir yere...'

Gitme ne olur!

Karanlıkta yaşanmıyor bilirsin.

Terk etme bizi içimizdeki çocuk.

Soluğumuz ol!

Altı İnsan Üstü İnsan

'Deniz duyar mı sesini, dağlar dinler mi? Hüzünlüyüm desen çare olur mu gökyüzü? Salar mı bulutları peşine, rüzgâr yardım eder mi?'

Yeniden yeniden sevgiyi bulmamıza, ah yardım eder mi tüm bu güzellikler yeniden sevmemize!

'Umudun dibe vurduğu zamanlar da gelir geçer mi?..'

Bırak, geceler kadar karanlık geçse de günler, sabah var ertesinde... Kalem alır sızını.

Bir tuşa bakıyor başka bir dünyaya b/akışın.

Yorgun düşen gözlerin, sabaha kalmadan açılıyor.

Geçmişin karmakarışık hikâyelerinden çözülüp gelen, bir dolunay aydınlatıyor içini. Kimini korkuturmuş geçmişin karanlığı, gün oluyor, tüm zamanlar hep ekinoks sende.

Anılar kovalıyor aklının her bir kıvrımında, kalan ne varsa birbirinin ardı sıra. Yarın başka bir gün. Ve hiçbir gün diğerinin aynısı değil.

Koyu renkli günler, parlak günler; şöyle güneş gibi ışıldayan sabahlar. Ve 'sesleri rengin'; yeşil, mor, mavi, kırmızı... Say gitsin, gökkuşağı gibi çalım atıp geçsin.

İnsanlar, ah insanlar! Ey insanlar!

Çok üzdük birbirimizi.

Lâkin çiçek gibi insanlar da hep var oldu bu hayatta.

O çiçek gibi insanlar diyoruz da gerçekten çiçek gibi ama.

Evettt, rengârenk, mis... Manolya, karanfil, gül, lâle, sümbül...

Niye mi bu adlar! Mutluluğun kokusunu, hüznün kokusu olduğunu bilir misiniz? Renklerin ve çiçeklerin sesindeki armoniyi...

Mistir mis... Karanfil oldum olası, ölenleri anımsattı. Yabani nane kokusu mezarlıkları... Ülkemi yani!

Hatırlasana kayıpları. Tarihçesi vardır her bir sembolün, her bir sözün, her bir sesin. Etimolojik, patolojik yapısına, tarihçesine girmeye kalkma!

Off, rahat bırak dün'ü!

Yormak olmasın derdin bugünü.

Ah, bil istiyorum her bir rengin, her bir kokunun ayrı bir tadı, ayrı bir acısı var.

Yalnız kişilerin belleğinde değil bir toplumun belleğine kazınır kimi acılar, kimi kokular.

Sormayın bana, delilik sınırlarını zorlayan bir koku bahçesi, bir sesler korosu hafızam var.

Acılanmak için, gülmek için, umutlanmak için.

Koşuyoruz bu günler; sınırlar arası ölüm mü, yaşam mı bilinmez.

Yüzüyoruz denizlerde bir "küçük kara balık" misali... Umut var a dostlar, hâlâ güzel bir şeyler var bir kuytuda, bir taşın deliğinde, belki bilmedik bir insan yüreğinde.

Bir prens oluyorum bazen küçücük, küçülüyorum tuvalde boya, yıldızlar arası sora sora.

Bazen, ormanlarda bir masal avcısı... Yaşama dair bir iz, insana dair bir söz.

Bu yorgunluğun bedeli olabilecek bir ödül.

Bütün filozoflara gitmeli. Mümkünse galaksiler arası yolculuk etmeli hatta. Varsa boyutlar arası geçiş... Yalan bir şeyler içinde, hayal, kurgu bir dünyada belki de. Aradığın belki de bir yaşam zerresi.

Belki de gerçek mi, değil mi bilemeden.

Delice ya! Deli işte, besbelli yok başka bir üstelemesi.

Kaybolan insan. Aklına mukayyet ol ey sen!

Yüreğinde yağlı urgan!

Ah sus ey akıl!

Bahsettiğin insan.

Altı üstü insan.

Bu Evren Fazla Sana

korkuyorum bu gecelerden
bel bağladığım bu tepelerden
gün ağmayabilir bir daha...

Yaşam tüm güzelliğiyle ellerimizde ama... Bir o kadar da uzağımızda. Aslında, pamuk ipliği en fazla da...

Dün geceki karmakarışık bir düşün de etkisiyle, kendimi bir an önce dışarıya atmak istiyorum.

'Günler, ölüm haberleriyle ağıyor...' Bir yerde değil, ölüm ve hüzün her yerde ancak güneş hâlâ doğuyor.

Ölümler yetmezmiş gibi gökten yağmur misali yağan kötü haberlerle açıyoruz gözümüzü. Çok farkında olmak iyi mi? Bence, bazen değil. Farkındalık yaratamadıktan sonra...

Değiştiremedikçe bu gidişatı! Tek başına ya da on başına, bin, milyon başına, değişir mi bu devran diye kafamın içinde cenk eden, içimi daraltan düşüncelerimi alıyorum yanıma. Ne varsa derlenip toparlanıp sessizce kaçıyorum.

Sessizlik hâkim, güneş kime inat bu kadar parlıyor ki!

Gökyüzü de maviye bezenmiş, bulutlara inat.

Az ötemde, tüm ürkeklikleriyle ne yapacaklarını bilemez halde bir çift güvercin. Yaklaşana kadar bakıp duruyorlar.

'Ne yapsam da keşke uçmasanız!' diye geçiriyorum içimden. Mümkünü yok, uçuyor insan denen bendeniz mahlûkatı görünce. Biraz ileride; bembeyaz kuğular yine, paytak paytak yürüyorlar bana; çirkinleşen insana inat. Aldırmadan olan bitene, haberi var da cakasını satıyormuşçasına hem de. Kuş haklı, kuğu da öyle! Ne kadar onurlu yaşıyorlar diye geçiriyorum içimden.

Bir yandan da gündemi, haberleri ve insan türümü düşünüyorum. İçim kabarıyor mu, daralıyor mu derler, işte öyle! Nasıl hissedilirse. Mideye kramp benzeri bir şey girer ya!

Hayatın getirdiği ne varsa, ne kadar acı ve zulüm varsa hükmediyor yine günüme.

'Haklı, sana az bile ey insan!' diye öfke kusuyorum kendi kendime. Haklı bu doğa, haklı tüm canlılar âlemi, insan hariç... Niye mi? Niyesi var mı, duymuyor musun gelen haberleri memleketten, memleket dışında dünyanın birçok yerinden. Hatta dünya evet, koca dünya küçülmüş ama dertleri, acısı bir avuca sığmış. Ölüme, zulme davet var her yerde, tüm sınırlarda. Kaçacak deliğin yok insan! Doldur sokakları açlık korkundan, öldür kendi türünden olanı, olmayanı senden farklı düşüneni. Canın ne isterse yap be!

Sen bir şey olamazsın ki zaten insandan başka. Çok mu matah sanıyorsun insan olmayı. Artık bu isimle anılan ne varsa kaçıyor duyan. Görmedin mi güvercini, kuğuyu kaçıyorlar, uçuyorlar.

Sen kazık çak bu dünyaya, ya da o kazıklara çakılı kal!

Kendi türü yabancı gelir mi bir canlıya? Geliyor biliyor musun, utanıyorum bu 'insan' denen sözcükle anılmaktan. Utanmayan varsa, insan kalsın. Ben bıktım utanmaktan da acımaktan da. Hayal kurmaktan bile artık.

Ölüme bu kadar yakınsın, ey varlığıyla dünyayı cehenneme çeviren yaratık! Bütün hayvanlara, evrene kızıp atfet-

tiğin ne kadar isim, ne kadar sıfat varsa hepsini kendi ismi-
nin önüne eklesen bile yetmez.

Sen, yoksun. Sen matematikte sıfır... Sen, evrende çöp
bile olamayacak kadar değersiz kıldın kendini. Sen kendi-
ni ne sanıyorsun, bir virüsle savaşmayı beceremezken, hâlâ
kendi türüne de evrendeki cümle canlıya karşı düşmanlık
duygunda nasıl da inatçısın.

Ya git, defol lütfen!

Git, nerde yaşarsan yaşa ama bu evren fazla sana.

Defol git!

Kızgınım kendime, insan adıyla anılıyorum diye. İstifa
etmek mümkün olsaydı bu kimlikten, bir an bile düşünmez-
dim, evren ve yaşam üzerine 'yemin'le...

Yettin artık!

Mutsuzluk Vebası

'Tabutların kapağı kapanınca,' unutuyoruz. Yanı başımızda tanıklık ettiğimiz acı ve yoksunlukları.

Yanı başımızda tükenip giden yaşamları görmezden gelebilecek kadar duyarsızlaşıyoruz bazen.

Ölümü yaşama tercih eden insanlar için yazıp çiziyoruz.

Dünya öylesine kana ve ölüme alıştı ki, ne kadar çoğalırsa çoğalsın o kadar çabuk unutulmaya yüz tutuyor. Gelecek kayıpları, gerçeğin detayda gizli olduğunu unutuyoruz ya da görmemek için direniyoruz.

Bu 'çanlar' hepimiz için toplum için, insanlık için çalıyor. Ölen her birimiz. Evet.

Ernest Hemingway, "Çanlar *Bizim* İçin Çalıyor," romanında, "insan ada değildir, bütün de değildir tek başına. İnsan anakaranın bir parçası, okyanusta bir damladır..." demekle kalmıyor, "bir kum tanesi alıp götürse deniz, küçülür Avrupa..." Evet, "bir insanın ölümüyle eksilirim çünkü bir parçasıyım insanlığın..." diyor bu kez.

İşte bu yüzden, sormalıyız 'çanların kimin için çaldığını.'

Çanlar bizim için çalıyor, tüm kara parçalarında yaşayan insanlar için.

Yitip giden insanlık için çalıyor.

Gün doğumunu göremeyecek yaşamlarla bitiriyoruz günü.

Kelebekler gibi kısacık ömürlere gark olmuş insanlık.

Çanlar 'kuruyan kalpler'imiz için çalıyor.

Sürüler halinde ölmeyelim diye çalıyor bu çanlar.

Mutsuzluk vebası kol geziyor.

Ucundan da olsa, kaçırmayalım mutluluğu diye çalıyor bu çanlar.

Mavi sabahlara uyanmak, güneşi izlemek, sonsuz yeşillikleri, börtü böceği sevmekte gecikmeyelim diye çalıyor bu çanlar.

Önümüz uçurum, ilerisi yok diye çalıyor bu çanlar.

Yarın'a umudu taşıyacak akşamlar gerek diye çalıyor bu çanlar.

Doğal ölümleri arar hâle gelmeden.

Oysa

'Aynı dilde, aynı yürekle sevip, güleceğimiz yarınlar için çalmalı bu çanlar.'

Artık;

Sen uyuma aklıselim, düşünen, yazan, en önemlisi vicdan sahibi olan.

Sen uyuma ki, hep birlikte uyanalım.

Galiba bazen kendi iç sesini konuşturuyor insan. İçimiz kararmasın yine de. Böylesine döküldü yürekten tümceler.

Yürüyorum

Yürüyorum...

Mart ayının son günü, bakımlı bahçelerin önünden geçiyorum. Üzerimde, olanca haşmetiyle, maviliğine serpiştirdiği bulutlarla bir gökyüzü...

Yürüyorum...

Altı günden sonra, ilk kez dışarı çıkıyorum.

Nâzım Hikmet'in "Bugün Pazar" şiirinden dizeler mırıldanıyorum;

"...Bugün, beni ilk defa

Güneşe çıkardılar

...

Bu anda

...

Toprak,

Güneş ve

Ben...

Bahtiyarım..."

Yıllardır hapiste tutulanlar, yaşadığımız süreçle kıyaslanamaz elbette ama abartıyorum içimdeki 'halet-i ruhiyeyi.

Cezaevleri, açlık grevleri, ölümler kaç gündür aklımda. Tarifsiz bir hüzün çöküyor, kayıtsız ve çaresiz hissetme hâli...

Berbat bir duygu, öylece izlemek...

İçimdeki kızgınlık hissi büyüyor.

En çok kendimize kızıyorum.

Zamana yolculuk yapıyorum, öfkem daha da kabarıyor. Garip değil mi, ölerek nasıl direnebilir insan!

Otuz yıl öncesine gidiyorum.

Başka bir yolu olmalı yaşamanın ve yaşatmanın.

Ruh hâlim pek uygun değil diye bunları düşünmemeye çalışıyorum.

Aklım yorgun, düşüncelerim argın ve yürümeye devam ediyorum. Ve olumlu bir şeyler düşünmeye ihtiyacım var. Bencillik mi yoksa bir var olma hâli mi bilemiyorum ama.

Yürüyorum...

Doğa nasıl da süslenmeye başlamış. Bahar entarisini giymiş, güllü dallı. Çiçekler tomurcuk tomurcuk. Kiraz ağaçları, elma ağaçları... Evet, elma ve bademler çiçek açmış. Armut ağaçları, bahar çalıları... Doğa rengârenk, yaşam saçıyor. İçinizi ısıtacak bir güzelliğin içindesiniz ama!..

Unutmak istiyorum, olan biteni şu sıralar. Ya da bir an unutabileyim, kandırayım istiyorum kendimi. Doğanın bu inanılmaz yeni mevsime uyanışı karşısında, hiç olmazsa azıcık kanıp sussan aklım, kanamasan yüreğim. Aman diyorum aman diliyorum.

Yürüyorum...

Büyülüyor, o inanılmaz doğal düzeneğiyle, sorguya mahal bırakmaksızın büyülüyor. Sarhoş ediyor.

Ağaçların üst üste gelen dallarının yarattığı gölgeler. Anlatılamayacak bir uyum içinde "tek ve hür, bir orman gibi kardeşçesine" yol alıyorum bu mucize güzellik içinde.

Bir yandan, insanın yaşadığı bu doğa ve güzelliği diğer

tarafta kendi mükemmel varlığındaki uyumsuzluğu düşünüyorum. Bütünlük içinde ne kadar da iyi yaşayabileceğimizi düşünerek hayatı ancak böyle anlamlı hâle getirebileceğimiz umuduyla bir gökyüzüne, bir de önümden nazlı nazlı akıp giden nehre bakıyorum.

Gün, kuğuların günü... 'Meydan bizim' dercesine; süzülüp duruyorlar, birbirlerine dokunmadan, her biri kendi suyunda kanatlarını çırpa çırpa daireler çiziyorlar. Arada bir kıyıda soluklananları var. Kimi zaman saldırgan olduklarını da biliyorum.

Mesafeli olmakta yarar var, nemelazım!

İçimde bir ağırlık...

"Ah bir göl bulsam, bir deniz...

Girsem ve kaybolsam" demiş, Şükrü Erbaş. Kaybolmak ne mümkün! Gerçek ortada, 'yaşamalısın' diyor her şeye rağmen. Nereye gidersen git bazen, 'ülken yok senin' ruh hâlindeyim.

'Müzik iyi gelir' diye geçiriyorum içimden. Oysa sakinlik tercihimdir çoğunlukla ya da mini bir şiir, öykü kitabı olur yanımda. Yorgunluk var, bunca güzellik alamıyor omuzlarıma çöken ağırlığı. Yüreğimde bir sıkıntı... Tarifi zorsa tedavisi de zor olur ya, o türden!

Yürüyorum...

Yalnız olmadığınızı bildiğiniz bir dünyanın derdi daha ağırmış meğerse! Neyse, deyip müzik dinlemek için, YouTube'tan bir şeyler buluyorum. Sanat müziğinden yana oluyor seçimim; Youtube, sonra kafasına göre seçip dinletiyor.

Kanun eşliğinde, Uşşak makamında bir şarkı;

Kalbimi bezlederim minnet ü zevkle dilesen
Bir muhabbet kuşu da ben olurum sev diye sen

Sevgimin meltemidir şimdi ruhumda esen

Bir muhabbet kuşu da ben olurum sev diye sen

Sevdiğim bir eser. Kanun da tuz biber misali... Ardından tesadüf aynı makamda bir şarkı;

Her mevsim içimden gelir geçersin

Sen vefasız yolcu kalbim viran edersin

Merhaba demeden elveda dersin

Sen vefasız yolcu kalbim viran edersin.

Bağlama ve türkülerle büyüdük aslında ancak sanat müziği sevdası var müzik ruhumda ağırlıkla.

İçki içmiş bir ruh hâlindeyim. Demek ki, sarhoş olmak için bir destek güce ihtiyaç yokmuş diyorum. 'Öff ne arabesk hâl bu; kendine gel!' diyorum da bu hâllerimi severim. Böylesi düşünceler eşliğinde devam ediyorum melankolik hâllere.

Bu arada en az iki saat kadar bir yol almışım nehrin iki yakasında.

Yürüyorum...

Bilincinde olmak; "kendinizi, kendinizle yalnız zaman geçirmeyi yalnızlık sanmayacağınız şekilde yetiştiriniz," Andrew Tarkovski düşüncesini çok doğru bulurum ama fayda etmiyor bugün.

Aklıma bazen zorunlu, bazen gönüllü yalnızlaşanlar geliyor.

Alman şair Hölderlin, romantizmin temsilcilerinden. Sevdiğini kaybedip aklını yitirince deli diye hayattan el etek çektirilir. O ise otuz yıl boyunca yazar, okur, çeviri yapar hem de inanılmaz bir ustalıkla. Ve böyle yaşar hâlâ Hölderlin. 'Ölümsüzlük bu olsa gerek' diyorum. Bir İngiliz atasözü geliyor aklıma; "yaptığınız ne olursa olsun, miktarı değil, kalitesidir önemli olan."

Zor ve kötü zamanlarda iyi işler yapanları bellek süzgecimden geçiriyorum.

İtalya'da 1348'deki veba salgınında, nüfusun yalnızca yüzde yirmi biri hayatta kalabilir ve Giovanni Bocaccaccio en iyi öykü kitabını yazar. "Black Death", Türkçe karşılığı her ne kadar "Kara Ölüm" de olsa 'Veba' diye biliriz. İki yüz elli yıla yakın yani kaç kuşak kasıp kavurmuş dünyayı.

Ha bir de Newton ağacı var Cambridge Üniversitesi Trinity Koleji'inin bahçesinde, sembolik bir elma ağacı. Konuklarımı çoğunlukla götürdüğüm bir yer. Isaac Newton, "Evrensel Kütle Çekimi"ni burada bulmuş. 1665'teki "Büyük Veba Salgını" karantina günlerinde tarihe geçecek bu yasa da o günlerden.

Şimdilerde, daha ileri tıp bilgisi, bilim diyorum da! Başka kurgular da var ancak onlar da dursun bir köşede, şimdilik tabii.

Unutmak istiyor işte insan bazen ama bazen. Avunuyorum ve yürüyorum...

Ciddi bir salgınla karşı karşıyayız. Neden ve niçinlerini konuşacak zaman da olacak.

Sağlıklı kalmak adına; hem zihnen, hem ruhen, hem fiziken kalabalık ortamlardan uzak kalalım!

Bu duruma kısaca, "evde kalalım" dediler. Peki, evde kalalım.

Bu günleri fırsata çevirerek, üretenler kervanına katılalım.

Yürüyoruz...

Önümüz yarın.
Gelecek günler. Seneler var.
Yürüyoruz...
İleride mutlaka güzel günler var.
Hepimizin yapacağı bir şeyler var.
Geleceğe yürüyoruz.

Soru Sor, Yanıt Ara

70'li yıllar, ortalama tarih verecek olursam; bizler daha ilkokul çağlarındayız. Evlerde kuzine sobalar ya da talaşla ısınan odalar. Veyahut Şakir Zümre'den adını alan "zümrüt sobalar," en havalı olanından.

Evlerin ara holünde uzanan borular, ılık tutardı evi. Bir sönmeye görsün soba sabaha doğru, soğuk kış aylarında buz keser korunaksız kapılar. Perdeler arkasına gizlenen odalar. Tuvaleti çoğunlukla dışarıda olan, gece ihtiyaç duyduğunuzda mutlaka anne ya da abla uyandırılarak dışarı çıkılan zamanlar... Buz gibi soğuğu hissedince sıcacık gelen yün döşeklere gömülmek, yokluğun susturulmuş hâliydi âdeta. Buz gibi gecelerde uyutulurdu o çocukluk korkularımız. Sevgi sinerdi üstümüze. İçinize güven serpen insanlar vardır; ana, baba, abla, abi, kardeş... Komşular, akrabalar koşar gelir birine bir şey olsa. Kimsenin hesabı olmaz çoğunlukla uzatırken elini komşusuna. Yokluk da varlık da paylaşılan zamanlar. 'Musayiplik' gibi, 'kan kardeşlik' gibi ölene kadar, kanının son damlasına kadar giderdi arkadaşlıklar, komşuluklar.

Gecenin bir yarısı kapı çalar da aklına gelmez insanın hiç bir kötülük. Çoğunlukla bir ölüm haberi olur. Gocunmadan açarlar kapıyı sonra hazırlanır çıkar giderler cenaze evine. Yaşlı olması tesellidir. Hastalığı varsa da teselli aranır ama hep ağlanır, ağıtlar yakılır. En iyi ağıt yakanlar bulunsun istenir cenazede. Onlarsız cenaze kalkmaz denir. Cenaze ağlayarak kalkmalı, hakkı verilmeli. Candan ağlayan bir yakını yoksa üzülürdü diğerleri... "Tüh tüh , o kadar ömür yaşadı, emek verdi, zahmet çekti de hiç kimse bir damla gözyaşı dökmedi. Hele bir kızı olaydı nasıl şîn[2] yapardı..." gibi yorumları az duymazdık.

Ben duymasına duyardım ama içim yansa da ağlayamazdım. Öylesine dinler, dertlenirdim. Düşünürdüm, insan denen varlığın acıyla olan bu sınavını, nasıl dayandığını onca acıya! Gaddar bulurdum insanı. Nasıl ölmüyordu onca acıdan. Nasıl dayanıyordu bu acılara.

Anamın, babaannemin, Zeze'min sözleri meğerse ne değerliymiş! Sonraları yaşayarak anlayıp öğreniyorum.

"Acıyı dağa taşa vermişler, dayanamamış çatlamış. İnsana vermiş bir gün ağlamış, bir gün gülmüş oynamış." İnsan arsız diye demiş ki; "Bu acıyı bir tek insan kaldırır", basmış acının gözüne.

Ne garip değil mi? Kim bu karar verici?...

Hem ölüm güzelmiş denirdi ama "hayırlı ölüm" neydi ki!.. Bu ölüm zamanlı ölüm, yatağında ölüm(dü). Hâlâ ağlayanı olmalıydı insanın, bir de defnedeni. Kimsesiz olanların vay haline! Cenazen kalkar ama can-ı gönülden ağlayanın yoktur. Bu hep kötü olandır. 'Ee öldükten sonra ağlansa ne olur, ağlanmasa ne olur? Geri gelmez ki!' dediğimde, Ebem Ede derdi ki; "ölen tabutunda kalkar ve dermiş ki, ölen kimmiş acep bakarmış. Sonra anlarmış ki, eyvah ölen benmişim! Benim için ağlıyor bunca insan der ve o zaman ölürmüş." Ede'ye bunu defalarca sormuşumdur, "Ede kim anlattı, nerden biliyon?" diye. "Kurban olam, işe Xade'ye -Allah'ın işi işte-" diye keserdi. Ne iyi onların bu sığınma, hazır cevap hâlleri... Bende hep eksik kalırdı bu yorumlar. Evet, hiçbiri

2 Şîn: Kürtçe'de ağıt, yas, matem demektir.

hayatta değil ama benim sorularım hep vardı. 'Neden? Niçin?' Sanırım sorgulamak kaldırıyordu o yoksul, o sobanın sıcağıyla ısınan evlerin ve gerçeğin perdesini. İçinizdeki perdeleri bir bir kaldıramadıkça bu dünya hep karanlıktı.

Babam haklıydı; "Hep soru sor ve yanıt ara," derdi. Yani teslim olmayıp ışığı görme, gerçeği bulma umudu oldukça yaşıyorsun aksi durumda, nefes alsan da yaşadığın muamma.

Yaşamak istiyorsan, sor ve mantıklı cevaplar ara. Sığınma, kolaya kaçma. "Korkanın anası ağlamaz" denen söz bir yalan, bir kaçış. Korkarak ölmektense, korkmadan sorgulamak en doğrusu!..

Bir de cenazelerde, iyi ağlayıp ağıt yakmak makbuldü. Bu nedenle, anam pek sevilirdi. Saatlerce ölen yakın köylülerin cenazesinde onun sesi, yüzü aranırdı; "Esli gelse cenaze şen olur, hele gelsin bir iki norandi[3] yapsın..." Anam Aslı, arka arkaya dizerdi o sözleri nasıl nerden bulurdu doğaçlama hâlâ şaşarım. Yetenek olsa gerek. Ağıtlar çoğunlukla Kürtçe olurdu çünkü insan anadilinde bambaşka hisseder ve dillendirir acıyı. Bu yüzdendir çoğunlukla Kürtçe'de acı da mutluluk şarkıları da bana hep bambaşka bir duygu verir.

İnsanın acısını alır(mış) o ağıtlar. Ağlamalıymış insanlar ölen biri varsa. "Cenaze ağlamayla, düğün davul zurnayla kalkarmış," derlerdi büyüklerimiz.

3 Norandi: Kürtçe'de ağıt demek.

Hayat Güzel

"Yok öyle umutları yitirip karanlıkta savrulmak.
Unutma; aynı gökyüzü altında, bir direniştir yaşamak."

Nâzım Hikmet Ran

Her durumda; burada, sanal dünyamızda da bir dayanışma olmalı diyorum. Moral bozukluğu, moral düşüklüğü biliyoruz ki en berbat düşman. Zor zamanları yaşamış olalım, olmayalım...

Koronalı günlerden geçerken, daha fazla yazma okuma isteği duydum desem abartı olmaz. Sınıf, sınır, ırk tanımaksızın, insanlığın başına bela olan bu illet yüzünden, sanki biraz eşitlendik gibi.

Gerçekçi olmak gerekirse, birincil derecede sevdiklerimiz, yaşamımızın merkezine koyduklarımız yani vazgeçilmesi zor olanlarımız var. Şu sosyal medyada bile nasıl canımızı yakıyor birimizin yokluğu. Kaldı ki, tecrübe ettik, kaç güzel insanı uğurladık!

Ölmek ya da yaşamak değil mesele. Yaşarken neler yapabileceğimiz. El ele uzaktan da olsa, yok etmeye çalıştığımız insanın ve değerlerinin, sanalla birlikte bile nasıl inşa edilebileceğini gösterebiliriz. Teslim olmak ve çaresizlik olmamalı.

Hafızayı diri tutmak... Ölenleri, tarihte yaşananları anımsamak ve anımsatmak... Buralarda da olsa normal paylaşımlara devam etmek...

Ortaçağdaki ölümler, kıyımlar, zulümler nasıl yok olmuştu, hatırlayalım tarih sayfalarından. İnsan yine ölümle sınanmış ve kısmen yola gelmişti. Yine ölüm ve zulümle sınanmak istemeyiz elbette ancak yaşam bir okuldu ve eksik kalan derslerimiz, kaldığımız sınavlarımız hep olmuştu. Yarınlara daha iyi hazırlanacağız belki bu yolla.

İşin doğrusu söylenecek çok söz var, bunun farkındayım. Bu boyutuna girmeyelim. Yumuşak ve insani dokunuşlara ihtiyacı var herkesin.

Demiştim belki, küçük bir kasabada yaşıyorum. Herkes kendi kabuğuna çekilmiş âdeta. Sokaklar bomboş. Evde üç gencimle (çocuklarım) yaşıyorum. Enerjileri inanılmaz güzel. Ben en yaşlısıyım malûm. Beni dışarı bırakamıyorlar. Topluca alışverişe gidiyorlar. Evde neler yapabiliriz diye düşünüyorum ben de. O kadar okunacak kitap, seyredilecek film var ki!

Dolduracağız her an'ı.

Bu günleri olumlu yönde değerlendirmek gibi bir çabanın iyi geleceğini umuyorum.

Hepimizin yapacak çok işi var.

Hayat güzel, sonunda ölüm olsa da...

Korkma! Düşün!

İnsan olarak kendimizi ne kadar da önemseyip abartıyoruz diye sıkça düşünmeye başladım son zamanlarda. Neden mi? Sen de evrende var olup gelişen sıradan bir organizmasın. Değişime uğruyorsun hatta her gün. Virüslerle, bakterilerle daha neler nelerle başa çıktın hatta kendi dışındaki her şeyi yok ettin. Şimdi de yok olacağım paniğine düştün değil mi? Sen biçimsel olarak varsın ancak özelliklerin açısından zaten çürüyorsun. Bak diğer organizmalara; hayvanlara, çiçeğe, böceğe... Yaşamaya çalışıyorlar, kimseye dokunmadan.

Bu ne panik, bu ne korku!

İkili temaslar, grup toplantıları, insanı insan yapan her türlü sosyalleşmeye "hayır" derken, izolâsyona "evet" diyorlar.

Aklımızla, algılarımızla oynuyorlar. Ciddiyeti bir yere kadar ancak kolektif akıl zararda.

Nasıl da biliyorlar, ellerinde senin ipini tutanlar, sefalet ve ölüm korkunu. Nasıl da büyütüyorlar korku sahalarını!

Unuttun mu, bitmeyen Ortadoğu savaşını, oradan oraya kaçışan insanları, ölen çocukları! Daha daha neler var, aç tarihe bak!

Birileri besleniyor ölüm ve kanla. Sen azalacaksın, kan

çoğalacak. Egemenler, dünyayı parselleyen bir avuç kan emici. Yani daha politik bir jargonla; sermaye yani kapitalistler yani dünyayı elinde tutan bir avuç insan yani doymayan sınıf kazanacak.

Hem sen yaşamaya çok meraklısın, ölse de yanı-yörende insan. Boş ver, sen güvenlik içinde yaşa yeter. Karnın tok, sırtın pek... 'Sana dokunmayan yılan bin yaşayacak' nasılsa... Ancak yılan bu, dokunuyor her yandan. Son olarak küçük bir hatırlatma, teselli babında.

Bu tür salgınlar hep olmuş, diyor tarih kitapları. Onların yalancısıyım. Öğren diyorum kendime, korkma!

En çok kayıp Birinci Dünya Savaşı sırasında ortaya çıkan İspanyol Gribi'nden olmuş, milyonlarca insan ölmüş.

Sen tükenmezsin. Zira bu dünyanın daha senden çok çekeceği var.

Korkma!

Düşün!

Öyle Günlerdi

Gün batımı saatlerinde göğün kızıllığını, güneşin batışını seyrettiğimiz o tepe, Örnektepe Etibank Caddesi'ndeki 'tepemsi' yer... Şimdi varlığından eser kalmayan; taş yığınlarıyla toprağın ve ağaçların gömüldüğü soluksuz semtler; beton yığınına çevrilen sokaklardan yalnızca biri, Etibank Caddesi... Her nasılsa yalnızca adı kaldı değişmeyen.

O muazzam keyfi, doğaüstü bir duyguyu tadıyorduk mahalleli arkadaşlarım ve ben o tepemsi yerde. Seyre dalıp büyüklerimizden duyduğumuz birkaç dileği yolluyorduk gün batımına. Bu dilek, hafta sonu ise eğer 'ne olur yağmur yağmasın yarın!' oluyordu (zira koca kamyonlarla, Belgrad Ormanları'nda piknik, Karadeniz kıyılarında denize girmek vardı, doyasıya oynamak koşmak vardı işin ucunda).

İlkokul dördüncü sınıfta, hayatımda ilk kez tiyatroya götürülmek için seçilmiştim. İşte, o sıralar, bir hayli bu tepemsi yeri mekân tutmuştum. Annem yine itiraz etmişti; babam ise gitmemi istiyordu. Ve gitmiştim de.

Bunlara ek olarak, tiyatro, sinema ne kadar da kaliteli ve her sınıftan insana açık olabilme şansını taşıyordu o zamanlar; üstelik okulumuzda bunun için öğretmenlerin dayanışmasıyla fon oluşturulmuştu.

Yaşadığımız şu günlerden, çok daha ileri zamanlar olduğunu söylememe bilmem gerek var mı? Aslında memleket o zaman da yaşadığı 12 Mart 1971 darbesinin kamburunu taşıyordu ancak hâlâ kaliteli bir yayıncılık ve sinema anlayışı vardı. Bizler, kenar mahalleliler olarak pek azına ulaşabilsek de...

Çevrenizde bir aydınlık varsa, mutlaka topluma da yansıması oluyordu. Bunu yaşayarak görmüştük. Tüm acılarına rağmen, 1980'lere uzanan o hareketli günler, sıcak dostluklar dayanışmayla örülüydü.

O günler; akla karanın bilindiği, kurdu kuzudan ayırt etmenin zor olmadığı hâlâ insani değerlerin soluk aldığı bir zamandı. Çocukluk ve gençlik yıllarımız o günlerin tanığıydı.

O zamandan bugüne kısacık bir zamana yolculuk hikâyesi bıraktı kalem. Şu soğuk günlerden geçerken, geçmişin anıları az da olsa ısıtsın içimizi.

Yoldaş Dediklerin

Yürekte ağır ağır, hüzünden sararır mı bazı hikâyeler, yaprak gibi? Neden ağırdır bu yük! Neden ince bir sızı kalbin tam orta yerinde?

O günlerin renkleri, siyah beyaz olsa gerekti ancak aklımda hep gökkuşağı gibi yer eder. Bir zaman algısı karmaşasıyla adlandırmak zor o dünyayı. Bu zaman diliminin dışındayım bazen, kimi zaman ise çok içinde. Her iki şekilde de içimden dışıma tarifsiz bir duygu patlaması.

Yaşamdan bir kesit, yine belleğimde usulca yer etmiş sayısız yaşanmışlıklardan yalnızca bir tanesi.

Unutulmayan bir geçmiş var elimizde. Başa çıkabilmenin en iyi yolu anlatmaktır dünü. Belki de benim özelimde böylesi bir hâl geçerli. Yazıyorum işte, açıklama ihtiyacı duyuyor bazen insan.

80'lere yolculuk yine! Eskilere ait dosya, fotoğraf, mektup ve telgraflar geçti elime bugün de. Bir Sağmalcılar günüydü anımsadığım kadarıyla, tarihi anımsamıyorum ne tuhaf; '86 sonrası, 91 öncesi, bundan eminim ama.' Kişiler aklımda, duygular belleğimde 'mıh gibi...' Hiç silinmeyecekler her biri apayrı bir kardelen misali boy verir durur dupduru. Öyle ya, mevsimler kimin tekelinde, seç beğen al; bahar, yaz, sonbahar, kış. Bağdaş kurmuş bir yoldaş, öylece aklımda Sağmalcılar havalandırması, içinde desenleri koyu kahveye çalan 'cacım' dediğimiz, eski tarz dokuma bir kilim üzerinde. Bağdaş kurmuş oturan bir yoldaş hâlâ 'bacı' der, gibi Sağmalcılar'da havalandırmanın en dip, kuytu bir köşesinde.

Sıcak, çok sıcak, saat sabahın beşini biraz geçiyor. Güneş olabildiğince kızıl 'gerçek bir barış âdeta' 'pırıl pırıl ve hiçbir şey ona benzemiyor.' Umudu takıyorsunuz kolunuza aşka yol alırken. Karanlık bir dünyaya o ışığı yansıtmak istercesine sabah sabah. Geceden kalma yorgunluğa 'aldırma, yürü' diyor güneş. Mutsuzluğun hiçbir hâlini kabul etmiyor, sevdi mi kadın. Öyle ya, mutluluk yansıtmak bizim işimiz. Ötede beride, çarşıda pazarda satılmayan ama görülen, hissedilen sevgi ve umut nasıl da korumada, acımadan acıtmadan taşıyoruz. Ne çok mevsim geçti gitti; kara kış, hüzünlü sonbahar, allı morlu baharlar geçip gitti, gidiyor. Her şey bir gün tarih olur, diyorlar ya! Biz de tarih oluyoruz. Yavaş yavaş olmadı sanki acısı.

Kaç kadınız tam olarak anımsamıyorum ama ben, Tülay, Arife, Neriman ve bir kaçımız daha yine kapıdayız. Yorgun, uykusuz ancak kimin umurunda! Yavukluların buz gibi elleri birazdan -yok yok saatler sonra- olacak avucumuzda. O ne garip his; güneşin giremediği duvarların ardına taşıyoruz sıcak yüreklerimizi. Yeter mi sayılı saatler? Geçiyor çabucak. Sayısız koğuş değişti; tek kişilik, altı kişilik ve daha büyükçe koğuşlar.

Aklımda dün gibi, net anılar, siluetler var. Sıcak gülüşleri, pala bıyıkları hâlâ o geleneksel utangaç mahalle delikanlısı havalarında.

Sonra o geliyor aklıma, çok sohbetimiz olmayan ancak birkaç sözcükten oluşan muhabbeti hiç aklımdan çıkmayan. Yalın, yapmacıksız tebessümü ne kadar da insan duruyor. Hani dedim ya, o koca havalandırmanın tam karşı duvarının dibine serilmiş, yıpranmış ağırlıkla kahverengiye çalan 'cacım'ın üstüne bağdaş kurarak oturmuş olan... Karısı ve beş

çocuğu dışarıda... Onu bekleyen, umutla özlemle... O görüş
ve o sözcükleri, sıcak, kendi doğasında...

***

Utangaç, gülen gözlerinle sarılmıştın eşine. Sevdiceğine
sarılmak için bahaneye gerek yok, demedi kimse. Aklımda
kaldı o görüş ve çok sohbet edemediğim sen. İnanan ve ka-
rarlı bir devrimci duruşu, pek muteberdi o vakitler. Yaşamak
neydi ki halka reva görülen zulüm ise... Ölüyorsa, öldürülü-
yorsa onca yoldaş! İdealize bir dünya ne değerliydi ve sen,
sen gibiler yaşamalıydı. Diyemedim. Deseydim bugün yine
unutmayacaktım seni ve cezaevi avlusunda özlemle tüken-
meyen voltaları. Adını demeyeceğim, gülüşün kaldı aklım-
da, bir de yavukluna o sarılışın. O cezaevi avlusunda bağdaş
kurmuş, çocuksu yüreğinle, çocuksu hâllerinle... Çocuklar
gelmemişti, görüş tam gündü. Tam gündü de bize saliseler
gibi gelir, nasıl da çabuk geçerdi. Ve sen, o gün, o babacan
gülüşünle ve o güzelim şivenle, 'kadın dediğin sevilmek ister,
okşanmak ister' derken aslında devrim yapmıştın kendi için-
de. Sarılmıştın tüm sevecenliğinle can yarına.

Şimdi, adını anmayacağım. Hayatta değilsin, söylemesi
acı ama. Cezaevinden çıktıktan sonra, bir çatışmada öldü-
rüldün. Adını biliyor oralarda sana yoldaş ve sıkıntıda yâren
olanlar. Ben de seni unutmadım. Sonraları kendimce üzül-
düm, keşke daha fazla muhabbet edebilseydik, niye edeme-
dik ki diye. Biliyorsun zaman hep dardı. Hep bir şeyleri sıkış-
tırmaya çalışıyorduk sözcüklere. En fazla da görüşün hemen
biteceği korkusu sarıyordu ilk andan itibaren.

Ne kadar doğaldık, değil mi yoldaş? Severken, hepimiz-
de yanaklar al aldı. Herkes arzu ve aşkla yanardı da hiç açık
saçık konuşamazdık, bastırırdık. Ha evet, aslında sanki ce-
zaevlerinde az buçuk aşmıştınız bu 'köylülük' hâllerini ama

128

biliyor musun, ben o günlerde olmayı çok özlüyorum bazen. Hepinizi. Başka bir havalandırmada başka davalarda değerli insanlar vardı, çoğunu kaybettik sonradan hayatta mıydın, anımsamıyorum. Canın yine de yanmıştır, değil mi yoldaş? 'Yoldaş' sözcüğünü de pek kullanmam aslında, pek klişe oldu son günlerde. Her neyse! Ölüme alışılmıyor hep paralanıyor insan. Gerçi sonraları kanıksanıyor acı olan. Ne kadar çok ölüm var, değil mi? Doğru ama 25 yıl geçti aradan. Göremedin belki bu günleri ama öyle kirlendi ki, insan ve insanın her şeyiyle tükettiği zaman.

İşte yoldaş sen de o günlerden tatlı bir hüzünle de olsa yüreğimden bugünlere, anıların arasından süzülüp geldin. Tutamadım kalemimi. Unutulmadın elbette ama ben de unutmadım bilesin. Yoldaş dediklerin de hatırlanmak ister. İşte, böyle yoldaş...

"Yaşam İnce Bir Cam Gibidir"

Her şey arkamızda kalıyor bir gün sonrası unutuluyor en acı olanı.

Zamansız ölümler, vahşi cinayetler unutuluyor. Kanıksanıyor, en kötü olanı da bu sanırım. Toplum(lar) acıya ve şiddete âdeta aşılı artık! Dünyada yaşananlara bakınca, sizce de böyle değil mi?

Sınırlarda ve botlarda yüzlere varan mülteci ölümleri; çocuğu, kadını, genci... İnsan ölüyor yaşama kaçmaya çalışırken. İnsanlık ölüyor insan uzay çağını yaşarken.

İnsan yalan dünyasında avunma hâlinde; AVM'ler, ışıklı sokaklar, lüks restoranlar yalanla gölgelenmeye çalışılan yaşamlar.

Hepimiz bu gemideyiz; bu ölümler, intiharlar, yalnızlıklar, suskunluklar, ölüme terk ettiklerimiz, görmemezlikten geldiklerimiz, bu sessizlikle gelen çığlıklar hepimizin.

Uzaktadır her şey; gökyüzü, deniz,

Her an peşimizden koşan gölgemiz,

Özlenen limanlar, yanan yıldızlar.

Uzaktadır her şey; an

der, Ahmet Muhip Dıranas ve ekler "her yerde her an en yakınımız ölüm"dür aslında.

Aldanmaz ölüm, hep kalır aklımızın bir ucunda. Unutulmasın diye sınanır insan çoğu zaman, toplumsal bir varlık denir adına. Kimimiz yalnızlığa sığınır.

Ne kadar yaşadığımız da değil esas olan nasıl yaşadığımızdır. Nice genç, nice zamansız ölüme tanıklık etti bu dünya, bu memleket.

Öyle ölüler vardır ki,

ben onların öldüklerini düşündükçe,

vakit olur,

yaşadığımdan utanırım... ne desek azdır. Nâzım Hikmet anlatır anlatamadığımız sızıyı. Kısacası, "yaşam ince bir cam gibidir, beklenmedik bir anda kırılabilir..." diyor, Tolstoy.

Kırmadan sevmeyi, öldürmeden yaşatmayı öğreneceğimiz günlere daha çok var mı?

Yaşam Biricik

Zaman, emekle elde edilen hiçbir değeri silemiyor. "Yaşamak direnmektir. Kötüye inat, bir gün fazla yaşamak"tır... Nâzım Hikmet.

Hiç yalan değil, hayatı gerekçelendirmek için uzağa gitmeye gerek var mı? Yaşamlarımıza dönüp bakalım yeter. Hüzün varsa insanız. Çözüm varsa, hayatla başa çıkma katsayımız artar. Tebessüm yüklüyorsa bir dost gözlerimize; içimizde kelebekler uçuracak insanlar varsa hâlâ, küreklere sıkı asılmak gerekiyor. Acıyla yoğrulsa da şu sancılı zamanlar. Gülten Akın'a kulak verir, acırız derinden... Yıkılsa da kimi zaman güvenlik kalelerimiz;

Dağlar buzul ve çığdan geçit vermez oldular
Eşkıya asfalta vurdu birer ikişer
Eski sular değil onlar, biraz tortu biraz kan
Durulmaya gücümüz yetmiyor
Nedir yaşlanıyor muyuz?

İnsanlık yaşlanıyor sanırım, "çilehaneleri cezaevlerine dönüştürdük." Bir dem olup geçip gitse z/aman...
"Sabah yeni doğmuş bir çocuk" gibi tazelense, yeniden

"Çözülse yürekte kuşkular." İnsan, ah insan ki, en büyük ihaneti kendine... Bir kurtulsa bu "sessiz testere" denen zamandan.

Yalancıdır zaman, tüketemediği acıyı azaltır, kanıksatır. Hayatın son perdesini o yazar. Zaman ve yaşam iç içe akıp giderken birbirinin kucağında yaşamı sevenler, sonsuzca yaşarlar.

Tedirginlik ve korkuyla süren yaşamlar 'yavaşça akar' biter.

Bırakalım zaman bizi bozmasın, katalım kendimize her yerden, her şeyden ama eksilmeyelim kişiliklerimizden. Dönmeyelim s/özümüzden.

Ayrımsız geçip gidecektir zaman, hiçbirimizi ıskalamadan; bugün de yarın da hepimizin elinde aynı takvim var; dört mevsim, on iki ay, üç yüz altmış beş gün... İçini, parayla satın alamayacağımız nice güzelliklerle dolduracağımız koca yarınlar var.

Zaman, emekle elde edilen hiçbir değeri silemiyor ancak 'kolay elde edilen' ne varsa yok olmaya mahkûm.

Zamanın bizleri öldürmesine izin vermeyelim; yaşatarak, severek. Anılarımızla, insanı ve vefayı... Hayallerimizle geleceği kurmak bizim elimizde.

Yaşam biricik, zaman sonsuz! İçinde bir de 'biz' olsun.

Sancılı Anılar

Çocukluğumu bende anlamlı kılan bir dizi anı biriktirmişim. O dönemin unutamadığım önemli yolculuklarından sadece bir tanesi. İlk anda çözemediğim, iki dil konuşulan bir ailede yaşamanın zenginliği duyumsadıklarım...

Garipsediklerim ağırlıkta elbette. Mesela, bütün espri ve sohbetler Kürtçeydi. Kürtçe konuşulsa bile yanıtlarımız Türkçe olmalıydı gibi bir şartlanmayla yetiştirilmiştik. Bu tuhaf paradoksu o zamanlardan yadırgamıştım ki, okuma yazma öğrenir öğrenmez ilk işim, üvey anam Zeze'yle başladığım gelişigüzel dersler olmuştu. Anam şaşırtıyordu yani öz anam...

Düzgün Türkçe konuşuyordu hatta İstanbul Türkçesini İstanbul'da tanıştığı komşularıyla biraz da 'kıvırtarak' konuşuyordu sanki. Düzgün konuşmak için bu çaba niyeydi ki anlamıyordum. (Yıllar sonra, onların bilinçaltına yerleştirilen bazı tepkisel yaklaşımlarını çözebildim sanırım.) Anam, Türkçenin tekerlemelerini, 'sofra duaları'nı hatta okulda öğrendikleri her şeyi hiç unutmadan her sözcüğüyle ezbere konuşuyordu. Hatta Zeze de ilkokula gittiği yıllarda (sanırım yalnızca 2 yıl kadar gitmiş) öğrendiği 'Kahraman Mustafa Kemal,' diye başlayan çok uzun dizeleri kesintisiz hatta nefes vermeden okuyordu. Nasıl ezberledin diye sorup merak ettiğimde ise Kürtçe; "kurban mi pir kutann seba viyan mi hükir" diyordu. (Kurban olayım, bu şiiri ezberlemek için çok dayak yedim.)

Tarihe düşülecek acı bir nottur bu...Bu şiirin sözlerini o zaman nasıl not almadım diye çok hayıflandım. Belki de bu yazmalarım bir mahcubiyet, belki de Zeze'yi bunca anımsamam ona duyduğum vefa nedeniyle, yaşarken yeterince duyumsayamadığım (ki, çabam sonsuz olmuştu, bir çocuk, bir genç olarak) bilinçaltı sancısı var içimde.

Bir de anamın okulda Kürtçe konuşurlarsa ceza alacaklarını bildikleri için Kürtçe bir nakaratla tövbe ettikleri yazıldı belleğimin acı hanesine, silemedim. Silmeyeceğim de yaşadığım sürece.

Sınıfta sıra dayağına maruz kalmamak için ezberlediği mısraları hâlâ unutamaması, dil yörüngesinde yaşanan travmanın boyutlarını anlatır gibi.

Tıpkı bugüne taşıdığım sancılı satırlar gibi.

Tıpkı o günlerden bugüne yaşanan, geçmeyen kanayan bir yara gibi.

Değil mi ki!

Yine eksik kaldı; sevdiklerimize sözlerimiz, 'bardakta çay,' yürekte sevda...

Bitmeden geçip giden ne çokça şey var şu gün ortasında.

Hep doyamadan indiririm başımı gökyüzünden.

Bir dostla vedalaşırken...

Sımsıkı sarılmak yetmez, gözlerinde kalmak isterim.

Doyamadan giderim yine. İçimde son yoktur, bir daha bir daha gelip görmek vardır.

Vedalar, bitmeyen şarkılarıma sızar her bir yandan. Notalar bitmez bir daha bir daha dinlerim, bir daha söylerim.

Yaşam, her şeyin bir arada, bütün olma hâlidir a dostlar!

Sevdiklerimizin gülüşüne ortak, ekmeğine, çayına, derdine, acısına ortak olma hâli...

Sonra bir kadeh rakıda çakır keyif hâlini paylaşma...

Detone şarkılar söylemek, eksik şiirleri tamamlama hâlidir.

Bağrına vura vura çığırma hâlidir.

Hesapsız dönersiniz sırtınızı bir dosta. O el hep omuzdadır, hissedersiniz arada okyanuslar da olsa.

Bir dünya vardır aranızda; küçücük ve büyücek, içinde sevgi olan. Hiçbir maddi beklentinin olmadığı...

Samimiyetten gayrısına kapalıdır dostun kalbi.

Sevginin yanına girse girse, yalnızca birkaç damla gözyaşı girer.

Birlikte ağlayıp birlikte gülen dostluğun ham suyudur gözyaşı.

Ya bir gün olamazsak birbirimizin hayatlarında! Kâbustur. Olsun, yaşanası günlerin kıymetini bilmek gerek.

'Üç budala kardeş hikâyesi' yaratmaya gerek yok.

Bu sonsuz evrende, dostluk diye bir kavramı yemyeşil tutabilmenin sırrını taşıyoruz.

Bu bir miras dostlar, yıllar yıllar evvelinden.

Hamuru; acıydı, yokluktu...

İçinde sevgi vardı, büyüdü yıkılmaz dağlara döndü.

Nereye dönsek yemyeşil vadilerimiz var şimdi.

Yıldızlara bakar gibiyiz o vadilerden, her karardığında dünya.

Varız, yokluk tanımadık bu dağlarda, bu vadilerde.

Değil mi ki sesimiz sesimize yoldaş

Değil mi ki, vakitsizlik yok bizde, hayat 'tebdil-i' hizmette, söz dostluğa gelince.

Değil mi ki, sevgi en iyi ilaç!

Değil mi ki!..

Değil mi ki bir hâl içreyiz.

Kevgir

Bir yanımızda saklı duran hikâyelere ihtiyacımız var şu günler. O günlerdeki sıcak insan ilişkileri yaşanmıyor artık, yaşanamıyor.

Nedenlerini sıralamaya gerek yok, bunu biliyoruz. Elli yıl öncesinin dünyası; eğlencesi, bakış açısı, güldüklerimiz, ağladıklarımız epeyce değişti. O zamanlar daha kolay ağız dolusu gülüyorduk; basit hikâyeler, tekerlemeler, kâğıt kalem oyunları...

Düşünebiliyor musunuz, şimdilerde "isim-şehir" ya da "tombala" oynayarak saatlerce eğlenebilecek insanlar var mı? Cevabımız 'hayır' olacaktır elbette.

Evet, bizim çocukluğumuzda evde kendi aramızda, uzun kış gecelerinde çoğunlukla eğlenme hâlleriydi bunlar. Sohbet konusu bulmak gibi bir zenginliğimiz vardı. Komşuluk vardı, çat kapı gitmeler...

Her mevsimin bir oyunu vardı tıpkı yiyecekleri gibi. Yani mevsimi vardı aldığımız besinlerin. Ekmek hariç. Her mevsim her öğün yenirdi. Yaz mevsiminde evlerden pırasa kokusu alamazdık ya da kış mevsiminde patlıcan yemeği, biber dolması kokmazdı buram buram. Bakliyatlar hariç bir de...

Her mevsimde kuru fasulye yiyebilir, mercimek çorbası içebilirdiniz. Suların hâli hep aynıydı, küpten içilirdi, üstelik herkes bir taş küpün kenarına zincir ya da iple bağlanmış maşrapayla içerdi suyunu. Kimsenin aynı bardaktan içip hastalanma derdi olmazdı, bu boyutta düşünme bilincinden yoksunduk. Doğruluğu, yanlışlığı apayrı bir konu elbette! Ancak dönemsel bilincimiz bu kadarını kaldırabiliyordu.

Haftada bir gün pazar kurulurdu bizim civarda; Örnektepe'de, Cumartesi pazarı. Salı günleri de Okmeydanı'nda, Salıpazarı... Annemin elinden tutup gitmek en büyük keyfimdi. Mutlaka minicik bir şey alırdı anam, sorardı 'ne istersin' diye.

Bir keresinde, annem pazardan, alüminyum küçük bir tencere alıp -benim dinlediğim ancak hatırlamadığım, ablam ve abimle ilgili anısı- eve bırakıyor. Ablam ve abim de çiviyle delerek kendilerine oyun çıkarıyorlar. Sanırım bu tür şeyler bir hayli eğlendiriyordu bizleri çocukken.

Neyse, ablam ve abim de ekip olarak böylesi bir eyleme girince annem suçluyu soruyor. İkisinden de ses çıkmıyor, yok! Anam suçluyu bulamıyor. Sonra anam kurnazca diyor ki;

"Oy ne güzel yapmış, kim yaptıysa kevgirimiz yoktu. Gidip bir tane daha tencere alayım, onu da yapsın kim yaptıysa."

Ablam heyecanla;

"Anne ben yaptım ben yaptım anne," diye atılıyor.

Anam anlatır dururdu. Hâlâ alüminyum tencere, kevgir gördüğümde bu tatlı hikâyeyi anımsarım.

Bir yanımızda saklı duran hikâyelere ihtiyacımız var şu günlerde. Silkeleyelim heybelerimizi, ne çıkarsa artık!

Aynı Limanda

bulutlar iniyordu mahallenin üstüne;

bir yanları sarmalanıp ışığa

batarak, mavişerek

sonra

kentin pespembe bulutları kayboluyordu

mahalleden aşağıya...

Akşamın geç ya da günün erken bir saati, mahalledeki Gazi Bakkal hep açıktı. Kepenklerin indiği pek ender olurdu. O zamanlar kapanış, açılış saati nedir pek bilinmezdi.

Yorgundu Gazi amca mahallenin sorumluluğunu taşımaktan. Herkesten sorumluydu sanki! Sokakta yaramazlık yapmamızdan, Örnektepe Caddesi'ndeki kurnanın başına kadar her sıkıntı, her kavgadan o sorumluydu.

Başına belâydı mahalleli, tatlı belâ mı, işte onu bilemiyorum. Canı sıkılırdı. En çok da ben sıkardım galiba! Bazen can sıkıntısından gider kepenkleri üstüne kapatırdım. Eğlence olurdu, bağırması, hareket olurdu, o çocuk dünyamda. Yanımda illâki, bir iki arkadaşım da bulunurdu, eylemime destek olan.

"Akşam baban gelir elbet, bak görürsün..." tehditlerini dinleyen kim. Çıkar Etibank Caddesi'ndeki telefon kulübesinden mahalledeki tek iletişim cihazı olan, bakkal telefonunu arardık...

"Siz, gazi misiniz?" diye sorardık.

"Evet," deyince.

"Efendim, Ziraat Bankası'ndaki hesabınıza ikramiye çıktı..."

Heyecanlanırdı.

O yaşlarda, kişilerin duygularıyla duygudaşlık duygusu kurmak nedir bilemezdik.

Ahh! Gazi amca aklımdasın.

Kiloyla satabileceğin reçeli, cam kabın içine yerleştirirken, bir yandan sinekleri kovardın.

Yaz ayları, sıcak mı sıcak. Ekmekler neyse de peyniri düşük derecede çalışan buzdolabında, bozulmadan tutmak epeyce zor bi işti. Neyse ki kış ayları, çok elektrik harcamadan da idare ederdin.

Büyük kâr peşinde değildin aslında, hani eli sıkı dense de bakkalın kendini anca çevirirdi günün sonunda.

Evinin geçimini sağlasa yeterdi. Oturduğu evin alt katıydı bakkal. O zamanlar herkes kendi evinin bir köşesini kiraya verirdi. Hatta babam bitişiğimize inşa ettiği derme çatma bir oda ve mutfağı 150 liraya kiraya vermişti. Herkes hayatını sürdürebilmek için böylesi yollar arardı. Herkes hem çok eşitti hem eşit derecede fakirdi.

Pazarcılık, bakkalcılık, manavlık, taksicilik, kamyonculuk yani nakliyecilik yapardı, yanı yöremizde yaşayanlar. Hayatı böyle anlar, böyle yaşardı buradaki insanlar. Öyle büyük işler, kariyer gibi kaygısı yoktu mahalle sakininin. Doymak, sohbet etmek, gülmek, paylaşabilmek yetiyordu. Sevinçler, ölümler gereğince yaşanırdı. Ölümü kabullenmek zor, her ölümde gözyaşları seldi. Genci, yaşlısı fark etmezdi. Ölüme ağıtlarla sitem edilirdi.

Bir de meslekler yoktu mahallemizde. Kariyer sahibi ya

da tutkunu... Ne yalan söyleyeyim, olabildiğince gecekonduca, olabildiğince geceye konuşurdu insanlar.

Köylerinden göç etmişlerdi pek yakın zamanda. Perşembe Pazarı'nda ekmek kaygısına iş bulmuştu bu insanlar. Gazi amca bakkal olmuş, Halil dayı, Rıza amca, Diyap dayı, Ali amca Kalafat Yeri'nde almıştı soluğu. Ekmek parası oradaydı. Her sabah babamın damperli arabasına atlar, Perşembe Pazarı'nın yolunu tutardı mahalledeki adamlar. Bir dizi hikâyeyle dönerdi hepsi. Hepsi bir ağızdan gülerlerdi. Mahallenin içinde yankısı duyulurdu, Etibank Caddesi'nden Behzat Budak Caddesi'ne yayılırdı o neşeli gülüşler. Sanki gülmeler daha gerçekti.

Kadınlar o zaman, tüm gün ev emekçisiydi. Bu durumda "ev kadını" diye anılırdı onlar. Bu kavram, hep garibime gitmişti. Otistik derecede, sözcüklere kavramlara takılırdım. Bir bilinç eşliğinde olmayınca fena bir şeydi bu hâl. "Ev adamı" niye yoktu?

Hâlâ sorgulamalarla dolu bir yaşamın içinden geçmeye çalışıyorum.

Fikri manevralar, günlük yanılsamalar... Her şey ama her şey, bu çarkın dişlileri arasında biraz daha yok olmamız adına... Dümeni tutanları görelim.

Demem o ki; yine aynı limanda buldum kendimi, kaçarken riya ve oyunlardan.

Eski Defterler

O gün, ne olduğunu anlayamadan selamlaşmış ve ayrılmıştık. Öylesine bakmıştım gözlerine. Gözlerinin yamacından akan bir damla yaşı nasılsa ıskalamıştım.

Sonraki gün geldi yanıma. Kırgın ve yorgundu. Bir şeyler anlatmak istiyor, ancak boğazında düğümdü sözcükler.

"Anlat lütfen, ne oldu?" dedim.

"Ben," diyerek başladı söze.

"Sana, başımdan geçen o kötü geceyi anlatmak istemiştim geçen gün ama çok dalgındın, duyamazdın beni."

Yanaklarından aşağıya doğru inen iki damla yaşı fark ettim o an. Suçlu hissetmiştim kendimi.

Ne tuhaf bir kadındım! Bir insanı anlayamıyor, duygudaşlık kuramıyorsam neydim ki ben!

Tutamıyorsam kıyısından köşesinden birinin derdini, üstelik bir kadınım! Ne işe yararsın; sana, senin gözünün içine baka baka acı çekeni göremiyorsan, diye veryansın ettim kendime.

Sustu...

Dedim, "ne olur anlat!" Ve ısrarla tekrarladım. Tıpkı bir sarhoşun aynı sözcükleri yinelemesi gibi... Çok farkındaydım ne yaptığımın, hem de çok aklı başında bir hâldi benimkisi.

"Ben," dedi yine.

"Geçen akşam, sen buradan geçerken sessizce bağırdım. Ağzıma bastırılan bir süngerden sesimi süzmeye çalışırken, seni gördüm. Pencereden, boynunda bir şal, başında berenle..."

"Ben değildim," dedim ısrarla, duysam baksam pencerene yıkardım geceyi, biterdim kapında. Tutardım yakasından onun, basardım gırtlağına...

"Bağışla," dedim "bağışla n'olur!"

Uyurgezer oluyor bazen insan.

Unutuyor duyumsamayı ve etrafında olup biteni.

Mezar gibi bazen insan, gömülüyor kendi içine.

Susuz, kupkuru, ağlar sessiz hatta duyamaz kendini.

Öyle sağır, öyle sessiz...

Ve dilsiz kesiliyor, zaman ve insan kendinden bile çekiliyor bazen.

Bazen kendi içinde ölüyor bir can.

Yok olmak, hatta toz olmak, bu evrende hiç var olmamış farz etmek istiyor.

Ne güzel ne çirkin hatta eciş bücüş bir varlığa bile sığamıyor.

İkirciklikten tiksiniyor; yoksulluk-varsıllık, iyilik-kötülük...

Gökkuşağını t/arıyor insan ve daha sonrasını...

Bir kurşuna dahi değmemek, öyle değersiz, menzilsiz, kayboluyor bazen.

Bu hayatta hiç yokmuşçasına yaşar, yaşamaz.

Yenilmek, yenilmiş olmak istiyor...

İşlemişse bu hayatın dibine, kazımak istiyor kendini geçmişten.

Dağıtmak istiyor tüm parçalarını sonsuza.

Hiç olmak istiyor.

(...)

Ölür mü ki insan; iki sözcükte, bir dilekte

Yaşamak istiyorsa hele...

Ah sefil insan, bırak kendini, yaşamın dibine.

Kuyudasın, ipini çekiyor hayat.

Dedik ve sarıldık birbirimize...

Bir el, bir candan kalp bazen çaredir isteyene.

"Ne Zaman Yağmur Yağsa"

şans yıldızlara özgü bir yalan baba
yıldızlara tükürüp tükürüp onları gezegen yaptınız
savaşan halklar taktınız dünyanın boynuna
yalanları yazdım defterime hiç unutmadım
(Akgün Akova'nın, "Baba Bana Bağırma" şiirinden...)

Çocukluğumun soğuk kış günlerinde, en keyifli eğlencelerimden biri, buğulanan camlara yazılar yazmaktı. Silmeme fırsat kalmadan, akardı buğulu harflerim. Onların kayboluşu bende tuhaf bir iç hüzün yaratırdı. Yazmaktan vazgeçmezdim. Soğuk günlerin tuhaf bir çelişkisiydi; hüzünle sevinci kucaklardı, kalbim ve sözcüklerim.

Ne zaman yağmur yağsa; yaşadığım şehrin göğü grimsi kasvete dönse, buğulu camlar gelir aklıma.

Kıyısına bir kuzinenin, üzerine kıvrıldığımız minderleri özlerim.

Özleniyor, gittikçe uzaklaşan çoğu şey, her şey aranmıyor nasılsa.

Bellek çocukluğun biriciği; iyisiyle, kötüsüyle...

Sevgiyle donatır dünyanın yüzünü çocuk; bir camın buğusunda ya da bir sobanın kıyısında.

Olgunlaştıkça, memleketin yüzü olsun ister insan, bir çocuğun gülüşü...

Gözlerindeki neşeye boğulsun dünya.

Çürüyen karanlıkta, ışığın katresidir camdaki buğuya umudu çizen çocuk.

Kederi bile ısıtan, buharlaştırandır.

Olgunlaşma zamanları, buğuya yazılamayan ne varsa uçup gitmemiştir aslında. Limanı çocukluk ve gençliktir. Sığınır durur insan; karda, ayazda.

****

Bugün, Söğülüçeşme'den Mecidiyeköy'e metrobüs yolculuğumdan, bana kalanlardan yalnızca bir kare... Önümde duran küçük erkek çocuğu, buğulanmış otobüs camına bir şeyler çiziktirip dururken, bu satırları karaladım sıcacık gülümsemesinde.

Sevgi

"Çok uzun yaşadıysam sevgiyle yüklü olduğumdandır," diyerek sevginin kendi hazinesindeki değerini anlatır bize Romain Gary.

Sonra, Pablo Neruda sevgilisi Matilde'ya "senin var olduğun zamanda yaşamak öyle güzeldi ki!" der, sevgisinin derinliğini imgelerken.

Sevginin yükü ağırdır elbette, bundandır her kalbe konuk olamayışı...

Gökyüzünü seyre dalar, kaybolursunuz bazen bir şairin dizelerinde... Yükü sevgiyse, kelebek gibi uçuruyorsa ardından;

sevgilim

senin bakışın

yağmurkuşlarının nem bolluğu

yıldızların felsefesini bilen kukumav

cennet papağanı yatağımda

gökkuşağını uyutan

kuşların müzik öğretmeni bülbül

(Akgün Akova, "Kuş Bakışı", şiirinden)

Shakespeare son noktayı koyar, aşkın ölümüne dair dizelerinde... Kuşları davet eder bu ölüm seremonisine "Anka Kuşu ve Üveyik" şiirinde;

Bırakın, bülbül gürültülü acısıyla ağlasın
Yalnız duran Arap ağacının üzerinde
Trampet sesleri acının habercisi
O ki, erdemli kanatlarında itaatin sesi...

Sevgiler doğar, yaşar ve ölür...
Yaşarken sevelim birbirimizi.
Anlayalım ötekimizi...
Doğmak da ölmek de kişinin tasarrufunda olmayabiliyor ancak sevmek, anlayabilme çabası bireylerin elinde...
Öyleyse;
Sevgi eksilmesin yüreklerimizden.

Baskılanmış Bir Halk

"Dünya yoksulluğunun üzerine dikilmiş o büyük dünya sarayını yıkın ve yeni bir yeryüzünün temellerini atın. Yeryüzünde hüküm süren 'sefalet içinde saltanat' felsefesine son verin..."

Yüzölçümü büyük değildir ancak şatafatı büyüktür kimi kentlerin.

'Sosyetik', pahalı restoranlar, süslü yalanlarla satar işportacılar. Toplatır zabıtalar. Her şey; her eylem, bir lokma, bir boğaz tokluğunadır.

Pahalı bir kafeteryada, bir 'kadın satıcısı', bir kalpazan, gencecik bir kadını pazarlamanın yolunda... Şehrin dışında gösterişsiz, ucuzca restoranlar; iyi şiş kebap, lahmacun yaparlar, çağa uygun! Çekici değildir mekânlar(!)

Şehirlere giriş öncesi, kıyılarda sıvasız, tuğladan evler kat kat ya da konmuş öylece. Ya yokluktan ya da her neyse...

Sığınırlar bir çatının altına yaşarlar aç kalmamak, yaşamak adına.

Yaşamaksa oralarda.

"Hepimiz fahişeyiz; gasp, talan, eşitsizlik ve asaletsizlik üzerine inşa edilmiş bir dünyada, birileri yiyebiliyorken, birilerinin yalnızca ırgatlar gibi çalışabildiği; birileri çocuklarını okula gönderebiliyorken, birilerinin gönderemediği; insanlar açlıktan kıvranırken ya da kafalarını kilise duvarlarına vurarak açlıklarına son verecek ilahi bir kurtuluş umarken, bir prensin, bir monarkın, bir işadamının milyarların tepesinde oturabildiği bir dünyada, toprağına bir kez olsun ayak basmamış bir adamın, New York ya da Londra'daki ofisinde oturup ne yiyeceğime, ne içeceğime, ne okuyacağıma, ne düşüneceğime ve ne yapacağıma, sırf yeryüzündeki yoksulların ellerinden alınmış milyarlar yığınının tepesinde oturuyor diye karar verebildiği bir dünyada, artık hepimiz fahişeyiz. Hapishanede insanlar olduğu müddetçe ben de hapishanedeyim, aç kalan ve üstü başı olmayan insanlar olduğu müddetçe ben de açım, ben de çıplağım."[4]

4 Kenyalı yazar, Nigugi Wa Thiongo'nun "Kan Çiçekleri" ve "Aradaki Nehir" romanlarından...

Bağcıyı Dövmek

Memlekete her gelişimde, kendimi anlatılması zor bir duygu seli içinde buluyorum. Yazmaya yeltensem de yoğunlaşamıyorum. Tuhaf bir huzursuzlukla dolanıp duruyorum; kâh şehirlerarası, kâh dostlar arasında. Zorlama yazmaları, oldum olası sevemedim. İçten, duyumsayarak yazmanın hazzını bilmekten olsa gerek.

Ağlamak mı var içinde duygunun, sözcükler öyle dökülmeli. Duyarlılık mı var, samimiyeti hayatınla yarışıp özdeşleşmeli. Yaşamlar, kavramlar ve bozulan her şeye karşı çok şey söyleyip hayatlarında söylediklerinin hiçbir yansımasını, pratiğini göremeyeceğimiz insanların yazdıkları ancak tanımayan insanların kalbine dokunabilir. Tanıyanlar için ise sinek vızıltısı. Böyle insanlar, şairler, yazarlar da tanıdım ara bir yerlerde, ne yazık ki!

Sözcüklere yüklediğimiz anlam, hafıza ve duygusal zihnimiz, övünebileceğimiz insan yanımız mıdır, bilemem! Ancak süre giden hayata bir parça katkıdır geriye kalan sözler.

Tanığı olduğum her an, oldukça değerli. Değerli anları ancak yazarak kalıcı kılabiliyorum. Zamanı tutamıyoruz avuçlarımızda, saatler de yıllar da akıp gidiyor.

Ancak, "yaşadığımız anları dondurup kelimelere dökme çabası, çiçekleri kurutup kitap yaprakları arasında ölümsüzleştirmeye benzer," diyor Aslı Erdoğan "Kabuk Adam"da.

Derinlere gidiyoruz sözcüklerde. Samimiyse, yapaylıktan uzaksa, beğenilme kaygısıyla yazılmamışsa sözcüklerin dansı güzeldir! Bu nedenle, anı-anlatı türünde, kalbime dokunan hikâyeler yazıyorum, sahici yazılan ne varsa okuyorum. Çoğu okumayı sevenin de böyle olduğunu, olabileceğini düşünüyorum.

Sözü, yazmalarımdan, hayatın biraz daha pratiğine bağlayacak olursam; tanışıp konuştuğum her insanla (hemen hemen) sıcak ve samimi bir ilişki geliştirebilme yeteneği, doğuştan gelen bir özellik mi, bilemiyorum! Övünülecek bir duygu mu, bunu da bilemiyorum ancak tüm samimiyetimle söylüyorum; herkeste dinlemeye değer, güzel bir taraf buluyorum.

Ne yargılama ne de saygı duymak üzerinden ilişki kurmamaya özen gösteriyorum. Düşünce ve inanç konusunda, tamamen farklı düşünen birini anlamaya çalışıyor, bilgim ölçüsünde, karşımdakinin anlayabileceği şekilde anlatmak oluyor çabam.

Kişiler ve görüşler konusunda -rencide etmeden- titiz davranılmalı, diye düşünüyorum. Derdimiz, bağcıyı dövmek değil de üzüm yemekse eğer...

***

Daha küçücük bir kız çocuğu iken etrafımda konuşulanları dinlemeyi, sohbeti sevdim. İnsanların güvenini kazanmanın, suistimal etmemekten geçtiğini çocuklukta belledim.

Düşüncelerimi çekinmeden anlatarak karşımdakini anlamayı ve çocuksu heyecanımı yenmeyi hâlâ öğreniyorum.

Riyayı sözcüklerden tanır oldum.

"En" sözcüğünü uzak tutuyorum uzun zamandır kendimden; "en iyi", "en güzel"...

Sevmenin, güvenmenin haysiyetine olabildiğince sahip çıktım, çıkıyorum.

Kalbe dokunmayanın, yanımda hatırı olmuyor, olamıyor.

Yalana tahammülsüzüm, ikiyüzlülük ve maskelere inanmam ne mümkün!

İnanmayı hep önemsedim.

Böyle gördüm, öyle sevdim; dost, sevgili her kimse...

Kendime çattım her fırsatta.

Sordum, sorguladım/sorgulamaya çalıştım, çalışıyorum da hâlâ.

Yalnızca, içten ne varsa hep ona koşar adım gitmek önceliğim olsa da bir yerlerde sahte dillere de yakalandım elbette.

Kendime kızdım, bazen yanıldım, bazen aldandım.

"Hayat bu!" dedim, günün sonunda; sen niçin bu kadar kolay sandın!

Bugün de "böyle buyurdu" hayat.

Bu Çağ Bu İnsan

Korkunun kıskacında,
Salt sevginin huzurunu ve hazzını ararsanız,
O zaman örtün çıplaklığınızı,
Ve sevginin harman yerine adım atın...

Halil Cibran

Bir yerden yakalanır sevgi, bir yerinden. Bir hecesinden yakalansa da yeter. Sevginin tükenmeye yüz tuttuğu bir dünyadayız, hep birlikte bu evrendeyiz. Kar taneleri misali, dokunmadan kederlerimize...

Acı da duyamıyor insan geldiği bu yerde, ne tuhaf! Yoksa acının en şiddetli anında "insan hissedemez hiçbir şey" dedikleri bu mu?

Gün ışığı saklamıyor hiçbir şeyi; ölümü, yok olanı. Apaçık ediyor ne varsa... Yok olmuyor insanın özündeki o karmaşık duygular; birilerinin şiddete, haysiyetsizliğe duyduğu karşı konamaz duygu hâli. Birilerinin ise hâlâ sevgiye inanması ve direnmesi...

"Sevgi neydi? Sevgi, iyilikti dostluktu, sevgi emekti." Hafızalarımızda kalan belki de en ünlü repliği biliriz.

Sevgi; dilimize pelesenk ettiğimiz sözcük. İnsanın ve insanlığın varlığı için pek de elzem olan ve her geçen gün içi boşaltılan bir kavram oldu.

Sevgi dediğimiz, yalnızca iki ayaklı canlıya mahsus değil; doğaya, bilcümle canlıya duyulan sevgi, gösterilen özen değil midir? Ya da daha direkt söyleyelim böyle olması gerekmez mi?

Ve her gün biraz daha fire veriyoruz, sevginin her hâlinden.

Kapanan, kararan bir dünya ne çok değerden, güzellikten uzaklaştırdı bizi. İtirazsız razı olduk bu kötü gidişe.

Ölü sever oldu bu dünya.

Tükettiğimiz doğaya, methiyeler düzer olduk.

Kentler, kasabalar, köyler mutluluğumuza ana kucağı kadar candı. Ormanı, denizi, bağı bahçesi sevgiyle sarmaladı bizi. Biz ise her gün biraz daha yok etmeye, yıkmaya çalıştık bu güzelim evreni.

İnsanın tatminsizliği, her gün biraz daha varlığını tüketme yolunda.

Sevmenin yerine şehveti, doyumsuzluğu koydu. Romantik olmaktan korktu. Akılcı olalım dedi, insan olmayı ıskaladı. İnandığı değerleri iğdiş etmekle kalmadı, bir hevesler çağına dönüştürdü zamanı.

Deli olmak bile her şeye yeğdi. Kafa tutmak tüm sistemlere, ülkelere daha yeğdi ama boyun eğdik.

Bu zaman, bu çağ, bu insan benim değil. Sevgisizlik de...

Şimdi anlıyorum, çocukluğumun yokluk günlerine neden hasret kaldığımı. Neden siyah beyaz fotoğraflarla avunduğumu... Neden yaşlı kadınlarımızın kırış kırış yüzlerinden, ellerinden medet umduğumu. Sevginin sağanağından vazgeçip zerresine dahi muhtaç olduğumuzu, çocukluğuma yolculuklarımdan çıkarsadım.

Nasıl bir dünya, nasıl bir çağ! Boşluk her yer, koca boşluk her şey. Bundan mıdır, dünya bomboş gözümde. İçi boşalan insan, tükenen insan...

Geriye kalan, boşluklarla dolu bir dünya!
Kolay gelsin ey insan!

Geceye Fısıldamalar

Her şey nasıl da aynı, hiçbir şey değişmemiş terk ettiğim bu mekânda.

Her şey bu kadar zamanı siler mi, her şey bu kadar gerçekten kalbe işler mi?

Sesler, sözler bu kadar akılda kalır mı?

Kim inanırdı, bir gün, o çok sevdiklerimin bu dünyadan ansızın çekip gideceğine...

Kim teselli edebilir bir özlemin ve yitirmenin acısını.

Hangi kuşun kanadı taşıyabilir bu özlemi?

Hangi dağa yankısı sığar, dilsiz ağıtların.

Dinlediğim her ağıt acıtır beni, hem de öyle bir acıtır ki ağlayamam, donar kalır yuvasında gözyaşım.

Var mı mevsimi, bu vakitsiz gidişlerin?

Neden kalbe saplanan hançer olur gidenler, bilen var mı?

Bilmediğim, bilemediğim ne çok an'a sızmış anılar.

Ölümle doğum arasına sığan zamana yaşam demişler. Yaşamın başlangıç noktası da bir zaman aralığı, kimini güzellik kimini zorlukla karşılayan...

Bitecekmiş sanırsın hüzün, her anıda yeniden yaralanırsın. Sargısız, dikişsizdir açılıp duran yara.

Eşelesen de eşelemesen de bulur seni bir kokuda, bir ses yahut bir sözcükte. Unutmazsın, unutamazsın bir ömrü sığdırdığın o yerden, kaçıp kurtulamazsın.

Gerçek nedir, özledikçe anlarsın. Özlemenin sonsuzluğunu öğrenirsin her gün biraz daha ancak yaşadığın saatlere öğretemezsin.

Ölümün soğukluğu, özlemle buz dağına döner. Ardında yeniden donarsın hederinle, kederinle...

Bir acınla, bir de kaybettiklerinin gidişine yenilirsin.

Hayatın diyalektiği sınıfta kalır bazen, çalışır ama sınıfta kalırsın.

Ömrüne ömür katanlar giderler ardı ardına...

Ne onlar döner ne de sen tamamlanırsın.

Yarım yamalak yaşarsın.

Öyle yavan ekmek gibi, kuru ve susuz.

Hasret kalırsın.

Özgürleşelim

İnsanı kendisine anlatan bir şey var mıdır acaba; aklının, kendisinin dışına çıkıp dünyaya ve kendine bakabilir mi insan?

Güzel olanı, mutlu olmayı, hayata iyileştirme yanıyla bakmayı neden kendisine yakıştıramaz? Gider zor ve çirkin olanı alır, çıkarır hayatın heybesinden.

O, yaşamın içinde ne badireler atlatmıştır ne güzelliklere tanıklık etmiştir de, gider, o heybede bozulmaya yüz tutmuş ne varsa onu çekip çıkarır.

İnsan, ne zaman bir katarsis yaşar, yani arınır? Ne zaman insan olur?

Aslında, insan olmak bir meziyet mi tek başına, yoksa insan kalabilmek mi bütün mesele? Daha ne çok sorgulayabiliriz kendimizi, yani insanı.

İnsanı, evrendeki diğer canlılardan ayıran en belirgin özelliği "düşünebilmesi", yani Platon'a göre "toplumsal", Aristo'ya göre "düşünen", "politik bir hayvan" olmasıdır...

İnsan, şüpheci, kuşkucu hatta paranoyak özelliklerini ayyuka çıkararak dünyayı cehenneme çevirebilme yetisiyle de tektir bu evrende.

Bu evrenin en korkunç canlısı, insandır. İnsanlar arasında, elbette göreceli iyi olanlar da vardır. Kanımca, bunlar da çağın çirkinliklerine aldırmaksızın kendi hâlinde dünyanın bir köşesinde kendi doğrularınca yaşayanlardır.

Bir de sanatlarıyla hayata karşı meydan okuyanlar vardır. Onlar da özel insanlardır. Tabii bunlar arasında sanatın bir dalına gönül vermiş yüksek egoluları da unutmayalım! Kişisel olarak, onlara uzağım. Kibir ve ego insanın kendi kurdudur.

Eksikleriyle, olumsuz geçmişleriyle başa çıkmaya, boşluklarını tamamlamaya çalışan insanlar vardır bir de. Maddi dünyanın güzellikleri herkese üleşilsin isterler. Bu insanlar, karıncayı incitmekten imtina ederler. Maalesef bu insanların sayısı da gün geçtikçe tükenmektedir.

Nedendir bilir misiniz?

Biliriz çoğumuz elbette.

Dinozorlar yok olurken boş yere yok olmadılar. Onlara ait çevre koşulları kalmadığı için soyları tükendi. Tıpkı şimdilerde sayısız canlının soyunun tükenmeye başlaması gibi. Evren anlamsızlaşıyor, tamamlayan nüveleri eksildikçe. İnsanlar için de geçerli bu.

Geçmişin sıcak dostluklarını yâd etmemiz bundandır.

Çağın normları zorlamaktadır bazılarımızı... Var olabilme koşulları da gittikçe zorlaşmaktadır...

Kimlerdir bunlar; genelleştirme olmasın da ancak çoğu sanata, edebiyata gerçekten gönül verenlerdir. Dünyevi olan birçok şeyle bağını koparmıştır (Dünyevi derken, maddi hırs, iktidar, kariyer gibi değerleri kastediyorum). Hayatta kalmak için yer, içer, gezer; gördüğü dokunduğu her şeyden beslenir insan adına, sanat adına üretir ancak çıkar kaygısının hep uzağındadır. Sevebildiği ne varsa oralarda var olur. Yok edebilecek, can yakan ne varsa ödü kopar. Korkak değildir ancak incinmekten ve incitmekten korkar. Bu bahsettiklerim gerçek anlamda hassastır; iyiden yanadır, kötü olana sonsuzca sanatıyla direnen insanlardır. Suyu da ekmeği de evreni de, insanlığı da, gönülden seven, paylaşan, duyumsayanlardır.

Onlar için anlaşılamamak da dert değildir ancak onlar için insanın içine girdiği anaforu görmek acıdır, dayanılmazdır. Yine de dirençlidirler, yaşarlar her koşulda. Onların en iyi sığınağı, en sağlam limanı yalansız koşulsuz kendilerini oldukları gibi şeffafça gösteren yürekler(i)dir. Onlar, her koşulda var olurlar.

Onlara bakarken, gözlerinin içinden kalplerine yolculuk yaparsınız. Yalan, onların düşman evidir. Gitmezler. En fazla koşulsuz sevgiye ve emeğe inanırlar. En büyük sermayeleri de ellerindeki yegâne değerleri; sanattır.

Dönemsel manevralar yapmak istediği gibi olayları, meseleleri manipüle etmek onlara göre değildir.

Onlar, sahicidir.

Sahiciler de hakikate inanır ve öyle tutunurlar yaşama.

S/özün özü;

İnsan kalabilenlere ihtiyacı var, bu dünyanın. Ve bu dünyanın çarkını düzeltebilecek insanlara.

Kötücül olmanın, cenderesinden kurtulan insanlar özgürdür.

'Özgürlük de en büyük değişimdir.'

Özgürleşelim!

Kimsesiz Olmak

Kuşların kanatları dalardı güneş'in turuncu ışınlarına
Gökyüzünün hâkimi olacak kadar cesaretliydi onlar.
Özgürlüğe uçarlardı.
Ömürlerince özgür...

Bir gece öncesinden sabaha sağ çıkanların dökümü yapılırdı o zamanlar. Herkes kimsesizdi, kimsesiz olmak âdeta 'evrensel bir kimlik'ti. B/öyle olmasına b/öyleydi de...

Nasıl oluyordu da hâlâ sokaktaki günlük yaşam sürüyordu. Ağaçlar dallarını uzatıyor, yapraklarını sarartıyor hâlâ çocuklar o dallara tırmanıyor(du).

Acılar ve inanılan her ne varsa yağmur gibiydi. Herkes, evet hemen hemen herkes o kara bulutların altındaydı o günler. Gizlemek kolaydı acıyı, hani tuz da gözyaşına karışmasa...

Mutluluğun, özgürlüğün yolu anlatılıyordu. Bu yoldaki; çıkmaz sokaklar, karanlık caddeler, ışıksız akşamlar ve vaktin zebanileri anlatılıyordu. Pusudaydı karanlık ve 'iyi' olanın düşmanları... Ölüm her saat, her saniye ve her yerdeydi.

Uzunca değildi gidilen yollar. Hep aynı yerde döner dururdu herkes. Bir labirentti... Çıkmaz sokaklarıyla, bir labirenti andırıyordu.

Hikâyeleri, misket taşlarına benziyordu bazen.

Nedendir bilinmez, ancak kimi zaman bir saklambaç

oyununda saklanan arkadaşlardı.

Gidiyorduk
yolları, yarları
birlikte yürüyorduk
sevenleri, ölenleri görüyorduk
dünyanın en güzel suçunu işliyordu insan

sığınıyorduk
bir göğe, bir dizeye
gitmese ebemkuşağı
katman katman
dünyanın en güzel renklerini yaratacaktı insan.

Mevsimleri anımsatan oyunlar ve oyunlarla unutulmayan sokaklar.

Güzel günler yaşamışlardı, hepsi güzel sonlanmasa da.

"Hayat bir oyun perdesi" miydi? Değilse neydi?

Kapattı gözlerini, son perde bitmeden belki düşlerinin peşinden gidecekti yine.

Aydınlığın Sırrı

Ben; zirvesinde de yokluğunda da sesi olmak isterim sevginin ve bölüşmenin, yoksa şu koca evren anlamsızdır gözümde.

Dağlarında çiçekler isterim memleketimin; her renk ve türden yoksa mutluluk değildir benimkisi.

Kendimizi aradığımız şu koca evrende, düştüğümüz boşluklar, vardığımızı sandığımız yerlerin farkında olalım isterim yoksa içimizdeki 'ben' ve iktidar tutkusu, yaşarken öldürmüştür bizi.

Bu çağ, insanın direncini güçlü tutma ve umutsuzluğunu büyütme çağı, aksi durumda yok olacağımız bilinsin isterim.

Onurun en zavallı hâllerine tanıklık ederken insanlık, beyhude hırs ve öfke bitsin isterim.

Bu yüzden; gözlerim göğe takılı kalır çoğu zaman.

"Acıyı emen topraktan daha möhkemdir gökyüzü," derdi babaannem.

ayağını kolla kalbini sakla
içinde çok şey barındırır
salma yabana umudu
gün gelir derman olur
gözlerine bir de kalbine iyi bak

aydınlığın sırrını gör
ikisi de ışıktır

insana yardır
nereye gidersen git
hep bir göğün olur
sen kalbinden haber ver
sevgiyle atmazsa
o zaman düşmandır
ha öldün ha kaldın
yaşamın bittiği andır...

Kâfur Kokusu

İlk defa yazmıyorum sana, son da olmayacak.

Sokaklar dolusu bir kent burası. Her sokak evlerle düğümlenmiş, çatılar bulutlarla kaplı.

Dün akşamki fırtınanın ardından, daha da yıkanmış, arınmış görünüyor her şey, her yer. Güneş görmeyen, sayısız izbe evden birinin önünden geçiyorum. Evin dışarı bakan odası olduğunu düşündüğüm yer ve dış kapısı açık, hasta yatağındaki adam yine pencerede.

Avurtları çökmüş adam ve içeriye yansıyan grimsi hava yüreğime işliyor. Bir an, koca bir evrende kimliksizlik sarıyor benliğimi. Hastalık, ölüm ve yalnızlık her yerde... İstanbul'da, Cambridge'te, yoksul bir Anadolu köyü ya da kasabasında...

Sıyrılıyorum bu derin duygu hâlinden.

Keskin bir kâfur kokusu geliyor evden. Kâfur ağacının burada yetişmesi mümkün değil, tropikal, sıcak iklim bitkisi diye geçiriyorum içimden. Ve bir anlığına, memlekete yolculuk yapıyorum. Bitişiğimizdeki Kastamonulu Osman amca geliyor aklıma. Süt almaya yollardı annem, "eğer namaza durmuşsa Osman amcan, rahatsız etme, bekle!" diye tembihlerdi. Evlerinin holüne girer girmez bu keskin koku gelirdi burnuma. Osman amcayla öyle özdeşleştirmişim ki bu kokuyu, o günlere gittim yine. Cambridge'den İstanbul'a, çocukluğumun varoşlarına yolculuk yapıyorum kısa bir an.

Ardından, bir süredir çevirisini yapmaya çalıştığım, T.S Elliot'un, "Pencerede Sabah" şiiriyle buluşturuyorum an'ımı ve ruh hâlimi:

bodrum katlarında, kahvaltı tabaklarının şıngırtıları
kırık dökük kaldırım taşları boyunca
farkındayım
hizmetçilerin o mecalsiz hâllerinin
oralarda, o rutubetli kapı girişlerinde
umutsuzluğun filizlenerek
çaresizce boy attığının...

Duyumsadıklarım böyle karşılık buluyor Elliot'un dizelerinde. Gri gökyüzü, mecalsiz insanlar o günlerden mi kaldı? Hiç mi değişmedi, kim bilir!

Gri gökyüzü, daha da mecalsiz insan kaldı bugüne sanki!

Nietzsche umudu lanetlemekle yanlış mı yaptı ne! Öylesine bir avuntuydu "umut", kendi hâlinde. Çatıları kaplayan kara bulutlar, bir parça resim gibi süslerken alçalan göğü... Güneş paneli diyesim geliyor bu kara bulutlara. Sonra, gülüyorum kendi kendime, güneş kendini ısıtma hâlinde buralarda, ötesi ne mümkün!

Panjursuz ya da panjurları yıllarca açılmamış evler, insan sıcağına hasret soğuk akşamlar ve sabahlar bir uçtan bir uca, dünyanın her semtinde.

Kaç yıl oldu yaşıyorum bu kentte.

Yaşı, tarihi bu kentin epeyce oyaladı beni. Gezdim durdum, adım adım börtü böceğiyle konuştum kendimce. En renkli yerlerinde dolaştım bu kentin; "Günahkâr Çingeneleri" ve nenemin onlara dair anlattığı "çocuk kaçırma" hikâyelerine gittim, geldim. Aklımın en sığ yerlerinde bir ışık yandı, mekânlara benzedim, mekânlar bazen bana... Hatta geldiğim topraklara benzettim toprağını buraların. Bazen, insanında aradım sokaklardaki insanımı hatta hayvanları... İnsanın bu hâllerinin hikmeti ne ki; özlem diyorum, özlem işte! Ya yazdırır dize dize ya da özletir delice.

Sokak kedilerini arar oldum. Uyuz uyuz gezen köpekleri vardı ülkemin, içim acırdı... Şimdi her yanı hüzün, herkesin içinde bir acı. Hüzünle yarışan ülkem... Ah benim ağlayan yanım, gülen yanım. Hasretim, insanım...

Yürüyorum, yürüyorum kilometreler boyu, çıkmıyor hiçbir yol senin sokaklarına.

Derken; sorularla çapraz bir hâlde... Çıkmayacak biliyorum her gün yürüdüğüm bu yollar sana.

Ben ve yârenliğin, kol kola arşınlayacağız buraları.

Bekle, geleceğim sana eninde sonunda.

Memleketim.

Bekle!

"Sıradanlaşan Kötülük"

Yazmak iyi geliyor da insan kendisinden de sözcüklerden de yoruluyor bazen. Eskiden minik minik defterlerim vardı, her yerde yazar dururdum; uçakta, otobüste, bir deniz kıyısında, bir bankın kıyısına ilişip bazen ve hemen hemen her yerde...

Acı ve zulüm arttıkça daha çok yazarız sanıyoruz ya, her zaman böyle olmuyor. Dumura uğramak, diye bir şey var. Öyle oluyor bazen insan, kişisel olarak deneyimim bu. Olanı biteni yazmak dillendirmek bir yana duyduklarım sağır olduğum günlerimi özletiyor. Okumak bazı haberleri, utancımı büyütüyor. İnsan olmaktan, çaresizliğimden utanıyorum. Var olmanın, bu evrende bir yer işgal etmiş olmanın ağırlığı altında eziliyorum, çoğu duygudaşım gibi.

Utansak, utananlar olarak çoğalsak; değişir, dönüşür mü bu devran? Bilmiyorum. Bilemiyorum.

Yetmeyiz galiba, değiştirmeye bu döngüyü. Şimdilik yetmeyeceğiz gibi. On iki bin yıllık insanlık tarihi; milyar yıllık şu evrenin ve beş bin yıllık insanın konuşabilme, yani dilin tarihi... Peki, biz nerdeyiz, nasıl bir âlemden geldik de bu kadar hunhar olduk? Bu kötüleşen insan ve "sıradanlaşan kötülük" normalleştirilmeye çalışılırken... Evet, tarih sayfaları kötülük dolu! Resmi tarih olsun, sözlü tarihimiz olsun. Güzellikleri çoğunlukla gölgede bırakan, bir insanlık tarihi elimizde!

Artık ne ölüm ne acılar dokunmuyor, şu insanın bu evrende yaptıklarının yanında.

Ne yazık!

Cemre Düştü

Hava güneşli, hikmetini gösterdi gibi buralarda. Kışın kasvetini silip süpüren bir gökyüzü! Parlıyor. Ne kadar sürer bilinmez, bulutlar öylesine hareketli ki bu adada... Dört mevsim bir arada yaşanıyor âdeta.

Fırsat bu fırsat diyorum, her mevsimde, hele bu havada yürümek ayrı bir güzellik. Bugün, bir başka aşkla çıkıyorum evden.

Günlerdir buz gibi soğuk bir hava, yağmur da cabası. Memlekette ve dünyadaki kaotik hâl de tuzu biberi...

Güneşi gören insanların yüzü gülüyor buralarda, 'tuzları kuru' ne de olsa!

Her zamanki güzergâhımda ilerliyorum; nehir kıyısı, çimenlerde yürümeyi, ördeklerle bakışmayı ihmal etmiyorum bu defa da.

Normalden çok daha kalabalık...

Bir an, beni çocukluğuma götüren soba dumanı kokusu geliyor burnuma, nehrin üzerindeki yüzergezer mobil evlerden.

Evet, karbon monoksit kokusu bu, çocukken hiç sevmediğim. O zamanların soğuğunu bertaraf eden bu koku, kâbus olurdu bana. Bronşitim azardı.

Ne garip, şimdi içime çekesim var çocukluğumdan bellekte yer eden bu kokuyu ve geride kalan ne varsa...

Aydınlık havalar, insanın umudunu muştuluyor.

Gelecek yaz mevsiminin özlemi dolduruyor şimdiden içimi. Bir an önce yaz gelse, memleket sokaklarında bulsam kendimi ve dostlarımı.

Dünyanın neresinde olursanız olun, hayat zorluyor; kalbiniz, aklınız iyi bir yaşamdan yanaysa... 'Duyabiliyorsanız başkalarının acısını...'

Diğer yandan, insanın arsız yanı bağırıyor; "yaşamak güzel be kardeşim" Nâzım'ın dizeleriyle. Hem de ne doğru! Güzeldir her şeye rağmen yaşamak...

Ve her şey gelir geçer, 'geceler sabaha gebe' oldukça.

'Kararmasın yeter ki sol memenin altındaki cevher.'

Gün aydınlık diye belki de. Sevgiyle b/akıyor her şey birbirine. Gökyüzü maviyle sarmış yeşili. Nehir sakin, göğsünde taşıyor bembeyaz kuğuları. Birkaç güne salarlar bu yeşilliğin ortasına, güzelim büyük baş hayvanları. Aralarına biz insanları da serpiştirince değme hayatın keyfine!

Mini bir kent burası, içi dolu dolu ya da doldurmayı öğreniyor şu doyumsuz insan.

Gün, güneşle başladı. Gönül defterimden birkaç dizeyle sonlansın;

olsa da;

kalbinde bir hançer yarası

gez şu göğün altında

sonsuz mavi, sonsuz gri

yağmuru, rüzgârı varmış

boş ver aldırma

hayat güzel

sor, cevap ara

sev hayatı

olsa da acının
her tonunda
çatlasın
sınırlar arası hüzün
çağır
sen bulutları çağır
mavi grimsi
yan kızılca
bu hayatı hep sevdik
kızıldan öte kor'ca.

Kalp Atışı Kadar

'Kalp' ve kalbe dair bir şeyler yazmak istiyorum; vicdan ve sevmenin ötelendiği şu günlerde... Dünya hep sevgisizdi de ben mi göremedim. Çocuk kaldığım doğrudur. İnsanların söyledikleri gibi olduğuna inandığım da. Üç yaşındaki çocuk gibi yalana inandığım, kandırıldığım da doğrudur. İyi yürekli olmaya mükemmel olmaktan daha çok meylettiğim de.

***

Sevdiklerimi önemserim. Onların kalbi çok değerli! Bir saat evvel tanıştığım insana bile bütün yüreğimle sahip çıkabilirim. Kemiği yok kalbin, doğrudur; bendeki fazla yumuşak... Burada anlattığım yalnızca ben değil, kalbi altın derecesinde saf ve yumuşak insanlar. Onlar hâlâ var yeryüzünde. İyi ki var, o insanlar.

O insanlar var ya, o insanlar! Onlar kendi başlarına bir dünyadır. Onlar; insanın, sevginin olduğu her yerdedir. Onlar, tarlada orada burada bitmez. İnsan kalbi hissettiği her yerdedir.

İnsandır onlar, sevginin kokusunu alan avcı köpeği gibidir her biri. Yeter ki hissetsin yürekleri, ölümüne giderler korkusuzca.

Dünyayla da derdi vardır kalbi olan insanın, hiçbir yere

ait değildir. Kendi başına bir dünyadır. Hırs, maddiyat anlamsızdır. Hayatta kalmak önemlidir elbette ama sevgisiz asla.

Kalbi olan insan vicdan sahibidir. Vicdanı rehberidir. Rehberi yaşamdır, insandır. Aksi ne varsa ona düşmandır. Yok etmek değil çözüm yanlısıdır. Karın açlığı çözümlenir diye inanır, kalbi aç insan iflah olmaz felsefisiyle yaşar onlar. Bunun bilincindedir gerçek kalp taşıyan insan. Niye bunca tantana yaygara derseniz? İşte öyle, insan hâlleri!

Kalbim var insan için, sevgi için, ayırımsız bir dünya için çarpan. Boş bir düş mü derseniz, eyvallah. Hangi ütopyaya inandı ki insan!

Tuhaf mı sizce hiçbir yapıya yaslanmadan insan kalmak? Belki de yalnızca böyle 'absürt' karalamalarla hayatta kalmaya çalışmak. Kavgasız güzel bir dünya kurmaya yetmeyecek belki bu kalp ancak dünyada hoş bir seda kalacak.

Kalbim acıdı. Kalbimizi yalnızca candan sevdiklerimiz acıtır. Kalbimize sahip çıkalım. Dünyada hiçbir şey, sevdiğiniz insanın kalp atışı kadar değerli değildir.

Gün Gülüşlü Kadın

Göğün altına gizlenmiş yıldızlar, pamuksu bulutlar, yağmurlar...

"Sonra gökyüzü gelir hemen kurtulurum" Turgut Uyar.

Tüm hikmetiyle uçar kanatlılar;

...

Birden serçelerle indi yağmur
Hangisi serçe
Hangisi yağmur.

Melih Cevdet Anday

Daha yağmadan önce, yağacak gibi koca koca dolu tanecikleri görürdüm o mahallenin arka tarafındaki tepeciklerde.

Çocukluğumuzda, bir akşam öncesi hava tahminleri yaparken bulurduk kendimizi o tümsek yerde.

Bakardık gökyüzüne, toprağın rengine, rüzgârın esişine, çiçeklerin kokusuna... Nerden mi öğrendik bunları? Tabii ki mahalleli kadınlardan... Yoksa nereden bilebilirdik ki mevsimleri, gökyüzünü! Ne romanlardan ne de hikâyelerden öğrenilemezdi. Kitap konusunda ne kadar şansızsak, arkadaşlıklar, sıcak insan ilişkilerinden yana da o derece şanslıydık.

Gökyüzünden, sabahından, akşamın çöken alacasından, yakan güneşinden, dondurucu soğuktan... Sabaha karşı sönen sobanın etkisiyle buz kesen odalarda; sımsıkı sarıldığımız kardeşlerimize dokunmayı, sevmeyi, hayatın içinden güzellikleri cımbız gibi çekip almayı öğrenmiştik.

Akşam, usul usul çökmeyi çoktan geride bırakırken evlere koşan çocuklardan öğrenmiştik heyecanı, yorulmayı.

Mahalleyi saran enva-i çeşit yemek kokularından da lezzetleri...

Örneğin, biber kızartması yapardı alttaki komşu, lahana da soldaki komşumuzun evinden kokardı, buram buram. Karnıyarık, dolma biber... Hepsini yer gibisinizdir.

Çalışanlar evlerine dönmüştür, günün akşama evirilen her zamanki ritminde.

Kahvehane muhabbetini unutmak olmaz. Yalnızca erkeklere münhasır... En sık hatırladığım söz dizimi şuydu; "Evde hanım laf etmesin, gideyim" diyerek gönülsüzce düşerlerdi kapılardan içeri.

Bir tek, kadınların dinlenmek gibi bir derdi olmazdı, olamazdı. Yirmi dört saat 'görünmeyen emeğin sahibi' idi onlar. Yatana kadar hatta yatağa girdikten sonra da rahat ederler miydi? İşte, o da şüpheliydi. "Er kişiydi, işten de gelse, kadını yorulsa da erkeğini memnun edecekti," derdi mahallenin en yaşlı kadını.

Mahallenin en alt kısmının, karşısına düşen ayrı bir mahalle vardı, orada da farklı memleketten insanlar yaşardı. Farklı memleket dediğime bakmayın; başka bir ülke değil bahsettiğim. Anadolu'dan bir şehir veya buralardan İstanbul'un yeni oluşan varoşlarına göç etmiş insanlar...

Pek güzel komşuluk ilişkileri yaşanırdı yaşanmasına da kulaklarımıza gelen dedikodulara da sağır duramazdık.

Pek cilveliymiş bilmem o yaşlı "X Efendi"nin karısı, bir dediğini iki etmezmiş herifinin.

"De get canım oynak kadının teki. Akşama kadar ağzında Zambo Çiklet sağa sola kıçını kıvıra kıvıra geziyo..." derdi, kıskanç "Y" komşusu.

Hay Allah! Biz, çocukların da en sevdiği, "Kıvrak Teyze" nesi var ki! Niye arkasından konuşuyorlar ki anlamazdık. Onun kapısında oturup muhabbetini dinlemeye bayılırdık oğlanlı kızlı... Koca göğüsleri, kızıl saçları, kırmızı ruj sürmüşçesine alev alev dudakları, her zaman açık duran gerdanı. Eşarp falan takmazdı. Yürürken nasılsa kıvrım kıvrım kalçaları... Laf aramızda, kızlarla kaç kez denedik de beceremedik öylesine kalça kıvırtmayı. Hatta bir kez, mahallenin en sert, suratsız kadını bizi kalça kıvırtma yarışında yakalamıştı da adımız neredeyse "kötü kızlara" çıkacaktı. Maazallah zor kurtardık!

Adamlar yakaları bağırları açık salım salım salınıyorlar, kahvelerin önünden geçen kadınlara laf atıyorlardı. Buna acayip kızardık o çocuk aklımızla. Kızlı oğlanlı harbi harbi kızardık. Hatta mahalleli kadınlar bizi desteklerdi. Desteklerdi de "siz kızsınız çok fazla karışmayın bu işlere!" diye de tembih ederlerdi.

Her şeye eyvallah da "kalçalarını kıvırta kıvırta gezen" ablamızın yanına gitmemize de kimse engel olamazdı.

Bir keresinde, sabah güneşi doğumunda, zerzevatçılar mahallenin arka caddesinde bağıra çağıra geçerken;

"Ayşe kadına gel, taze taze..."

"Çekirdeksiz patlıcan, Tekirdağ'dan geldi bu sabah..."

"Salata, badem badem, acısız vallah hem de Kemer'den."

Daha kimsecikler kapılarından çıkıp zerzevatçının başına toplanmadan, mahallenin kıvrım kıvrım sokaklarını aşıp soluğu "kıvrak kalçalı" teyzenin yanında almıştım.

Ne anlatırsa anlatsın keyifle dinlerdim de o gün ağlamaklıydı. Çocukluğunu anlatmıştı. Aklım ermesine pek ermiyordu da beni seçmesi gururlandırmıştı dertleşmek için.

"Kimseye anlatma he mi..." diye de tembihlemişti.

O güne kadar bilemezdim, öyle güzel gülen, böyle mutlu, öyle kıvrak kalçalarını sallayan, her şeyle 'maytap' geçen birinin hayatından acılı bir zaman dilimi de yaşanmış olacağını.

Hani 'onun dağlarına hiç kar yağmaz' demişti annem ama ne karı ne boranı... Buzdan duvarlarla örmüşler meğerse gün gülüşlü, cilveli yürüyüşü olan o güzel kadının dünyasını.

İnadına gülermiş meğerse.

Yaşamak bir borçmuş da ödemek istermiş...

Daha küçücük bir kızken tecavüze uğradığını, bu yüzden kendisinden yaşça çok büyük bir adama verildiğini... Anlatmıştı göz pınarlarında biriken yaşlarla.

Sanki gökteki katman katman bulutlar gözlerine sökün etmişti. Kıvrım kıvrımdı titreyen dudakları şimdi. Pembemsi pürüzsüz elleri, eteklerinin kırışıklığına nasıl da tezattı!

O gün az da olsa anlamaya başlamıştım, her gülen yüzün ardında mutlu bir hayat yoktu her zaman.

Bazen gülerken ağlayan insanlar da vardı, bu yaşamda.

Öğrenmiştim; önyargıların insanların hayatındaki en büyük yanılgılara yol açtığını.

Susmamam gerektiğini anlamıştım o yaşta, yanlış bildiklerim karşısında.

Galiba öğretecekti hayat; 'bazı insanların, kuyu gibi derin olduğunu ve kendinde başlayıp kendinde bittiğini.'